U0017705

安德魯・克萊門斯❷

不要講話

No Talking

文◎安德魯・克萊門斯
Andrew Clements
譯◎蔡青恩　圖◎唐唐

名家誠摯推薦・校園熱情讚譽

史英／人本教育基金會董事長

李偉文／作家

林文寶／台東大學兒童文學研究所

林良／兒童文學作家

林玫伶／清華大學教育學院客座助理教授

柯倩華／兒童文學評論家

凌拂／知名作家・校園共讀推動者

張子樟／前台東大學兒童文學研究所所長

張永欽／台北市教育局聘任督學
陳佩正／前台北教育大學副教授
曹麗珍／國小退休校長
曾志朗／中央研究院院士
黃瀞慧／前台北市興華國小教師
楊茂秀／兒童哲學教授
趙自強／如果兒童劇團團長
鄭石岩／知名作家．教育學家
蔡淑媖／牙牙親子讀書會創辦人

【推薦一】

名家好評推薦

寫給兒童看的書，不是為了教訓兒童，而是為了引起他們的注意力和好奇心。〈安德魯．克萊門斯〉系列的校園小說，不但能引起注意力和好奇心，必然更會引發讀者的強烈感受和熱烈討論。因為，他的故事直指核心，精妙絕倫，尤其是呈現出一片創意十足與浩浩蕩蕩的藍海。讀畢不禁令人拍案驚奇，直叫：「眾裡尋他千百度，驀然回首，那人卻在燈火闌珊處。」

——台東大學兒童文學研究所榮譽教授 **林文寶**

描寫上課下課、以學校生活為題材的校園小說，閱讀起來一定很沉悶乏味。但是〈安德魯・克萊門斯〉系列的校園小說，卻能讓你讀得由莞爾而陷入沉思，由發笑而熱淚盈眶。他把深刻的教育論題，寫成一本本又好看又有內容的感人故事，真是難得。

——兒童文學作家 **林良**

我必須承認，這是我讀過最棒的校園小說，一翻開書，就難以罷手。

故事節奏快，奇妙而合理，絕無冷場。作者的筆調幽默，故事裡的角色言談舉止掌握了戲而不謔的分寸，充滿令人愉悅的高度趣味。故事取材來自校園，在僵化的教育制度與教學現場下，學生們以無比的能量和數不清的創意展開遊戲式的挑戰，團體的互動火花

【推薦一】
名家好評推薦

一路擦撞，峰迴路轉，閱讀樂趣在此不言而喻。

夾藏在趣味中的，更是作者精心設計的議題，包括文字、語言、分數的意義等等，不但使人驚奇，更叫人開始認真思考。

——清華大學教育學院客座助理教授 **林玫伶**

真正一流的兒童校園小說！聰明、幽默、驚奇連連，不斷挑戰讀者的想像力！克萊門斯藉由文字、語言、分數等議題，機智而犀利的探討「教育」的本質。他筆下的兒童，像一群足智多謀、併肩作戰的大冒險家，在校園裡發明各種思想的實驗、遊戲、革命，使學校生活既刺激又好玩，使學生、老師、家長都激發出意想不到的可能性，令人敬佩！

——兒童文學評論家 **柯倩華**

只要是孩子，大概沒有人沒有過類似像《我們叫它粉靈豆──Frindle》這樣的疑惑；只要是教師，大概沒有人沒有對孩子說過《不要講話》這樣的情境；只要是父母，大概沒有人面對孩子的《成績單》臉沒有綠過。此系列校園故事，深邃而靈動地寫活了箇中情境，如此尋常，可是如此深刻，令人驚讚又嘆息！

人一長大就忘了許多事，尤其忘了自己也曾經是個孩子。克萊門斯可以如此活靈活現地展現出此一系列故事，一定是因為他一直是個帶著孩童眼長大的成人，他是個一直抱著孩童的靈魂成長的純熟大人。

──知名作家．校園共讀推動者　凌拂

這系列作品描寫了師生間的對話、孩子們的想法與作法等情

節，都能帶給老師、父母和孩子許多啟示。例如孩子可以在《我們叫它粉靈豆—Frindle》中，學習尼克如何勇於面對問題、堅持理念、解決問題，提供他們一些克服困難的方法；老師們可以在《不要講話》中，學習如何支持孩子、協助孩子去面對問題；或是參考《成績單》中的成人如何面對和引導獨特的孩子，讓他的優勢智慧可以獲得成長。

透過本書作者的巧妙安排，可讓讀者獲得心領神會的滿足，就請讀者慢慢來品味吧！

——台北市教育局聘任督學　張永欽

好恨！我在求學階段想抗拒學習的各種策略居然被作者先寫走了。好開心！因為作者的文筆遠遠超越我的禿筆所能表達的境界。

這系列三本書都在說明美國教育現場某些錯誤政策因正確執行而衍生出的問題。確實，學校教育早期的權威管教模式，在現在的民主時代，似乎該轉個彎了！學生走進學校絕對不是一張空白的紙張，等候老師在他們的大腦中書寫一些該學習的知識和技能。相對的，老師如果能夠展開雙手熱烈擁抱這些學生的創意和觀點，將有希望形成學生、行政人員、老師和家長都是贏家的局面。

——前台北教育大學副教授 **陳佩正**

如果你想重溫童年學校生活的各項遭遇，那你應該仔細閱讀安德魯·克萊門斯這一系列為兒童所創作的圖畫書和青少年小說。雖然他所敘述的故事和描繪的學校場景是在美國，卻放諸四海皆通。因為無論在哪個國家、哪個城鎮，只要有學校，就有課程、課業、

【推薦一】
名家好評推薦

考評、活動、能力指標、同學、師長、校長、家長會等交織而成的學業成長故事，而且大家所關心的壓力源都差不多！

這一系列書的好，就好在所有的故事都讓人有真實感，而且字裡行間不停呈現人性的善良面；同時，也把教育就是生活，生活可以產生積極創意的文明表現出來，而我們要學會去體會那份心靈的美感。老師們、家長們，帶著孩子享受這一系列的故事吧！

——中央研究院院士 **曾志朗**

其實，想像力並不一定要靠魔法師和噴火龍，〈安德魯·克萊門斯〉系列證明了這件事。

克萊門斯怎麼能夠把少年的生活寫得這麼有趣？不管是在文字和畫面上，都讓讀者感覺到既好玩又有認同感。「妙極了！」這是我給這故事的評價；演出來，是我對這個故事的期待。

——如果兒童劇團團長 **趙自強**

校園故事很多，說這類故事的人也不少，但是，能夠說得如此令我沉浸其中，翻開書非一口氣看完不可的人，到目前為止只有安德魯・克萊門斯。

克萊門斯真是會說故事，那生動流暢的敘述方式，讓讀者倏忽間便置身於故事情境裡、混雜在角色中，參與所發生的一切。而讀者會這麼不經意的被拉入故事裡，是因為他故事中的每個事件都那麼的吸引人，那些議題，深深勾引大人或小孩的興趣，使人按捺不住想要加入戰局，即使在闔上書的那一刻，還意猶未盡地回味著整個過程呢！

——牙牙親子讀書會創辦人 **蔡淑媖**

【推薦二】

你是否曾說過：「不要講話，好好討論！」

李偉文　作家

大人看一本為孩子而寫的書，通常會以一種審視的角度來評論：「嗯！還不錯，寓意清楚。」或者說：「故事滿有趣的，邏輯合理！」但是真要吸引大人迫不及待地一直看下去，這樣的童書（或少年小說）就非常少見了。安德魯・克萊門斯這三本小說居然本本都令人著迷，故事合情合理卻又充滿戲劇性，幽默爆笑卻又引人深思，故事中的每個人都有自己的個性與立場，雖然屢有衝突卻又體貼溫暖令人感動。這系列小說，將是課堂上老師與學生共同討

論，或在家裡父母與孩子一起分享的溫馨時光。

我相信孩子從書裡面可以感受與學習到彼此體貼的同理心，這是當代孩子最欠缺的，因為他們少了與街坊鄰居的大小孩子們打打鬧鬧一同成長時無形中可以學到的人際關係。至於對大人而言，這系列的每一本小說，每一個衝突與情節，都是一面又一面的鏡子，映照出我們在日常生活中未曾察覺的矛盾。

不管是《我們叫它粉靈豆—Frindle》或是《不要講話》，都一再讓我們思考到語言與溝通的本質，對於正在轉變成大人的孩子而言，他們正是透過這些工具探索成人的世界與思維，相對的，大人通常卻因為習以為常而忽略了文字、語言的力量與創造性。

同時，大人說的與真正想的或做的往往不一樣，當校長每天拿著擴音器大喊：「我不希望聽到五年級再發出一丁點聲音！」可是

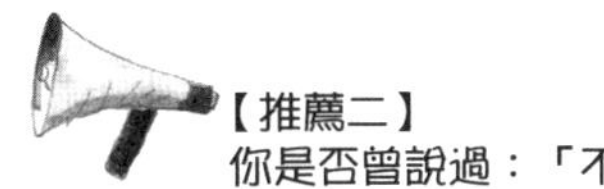

一旦這個願望成真了，大家都不再講話，保持安靜，老師們反而抓狂了！

激怒大人其實是很容易的，因為大人不喜歡古怪的事情，大人更討厭事情沒有他的允許就發生，即使孩子們做的事情沒有錯，只要會造成不方便大人管理（那種制式與效率化的管理），通常就被視為挑釁與冒犯！而且大人也不喜歡孩子問理由，不信的話，只要有個孩子連續追問大人三次「為什麼？」，通常大人就會因為回答不出來而惱羞成怒，變成大怪獸！

如果仔細檢視我們與孩子的日常對話與互動，會發現自己常說一些很可笑的話。有一次，有位教授去參觀一個老師的教學示範，只見那個老師將學生分好組別後，大聲宣佈：「不要講話，好好討論！」這位教授忍不住問那位老師說：「你要他們不要講話，那他

們怎麼討論呢？」

我相信很多人在看安德魯這系列小說時，一定一下子捧腹大笑，可是一下子卻又眼眶泛紅，因為不管是那位不苟言笑嚴厲的英文老師，或是那位不是大怪獸的校長，都各自以他們的方法去對待孩子，也由於他們的愛，真正的愛，所以才能令人低迴再三，感動不已。

【推薦三】

校園故事的最佳典範

國小退休校長
曹麗珍

美國暢銷作家安德魯・克萊門斯為兒童及青少年撰寫過許多圖畫書及小說，其核心議題都聚焦在教育與學習層面。《我們叫它粉靈豆—Frindle》、《不要講話》及《成績單》三本書在美國本土出版以來，佳評不斷，獲獎無數，堪稱是校園故事的最佳典範。遠流出版公司將這些作品引介給台灣地區的家長、學生以及關心教育的人士，很榮幸能先睹為快。

《我們叫它粉靈豆—Frindle》一書充滿劇情張力及創意，將師生之間互動的精采過程，運用流暢的文字娓娓道來。葛蘭潔老師是

五年級學生最敬畏的英文老師，對於理解與運用字典的尊崇與狂熱，始終是她三十五年教學生涯課程的重點，直到她遇到尼克這古靈精怪的學生後，師生間產生的衝突，愈演愈烈。這事件轟動全鎮，甚至躍上全國新聞版面。葛蘭潔老師的教學遇上史無前例的難題，她該如何面對向她挑戰的學生？而學校又要如何面對無法控制的局面？家長應如何指導當下的孩子？這正是考驗三方的時刻。一位要求文字精準的語文教師與極具創意的學生間的鬥智過程，堪稱是因材施教的最佳範例。故事結局很具創意、更是感人！

《不要講話》是在述說雷克頓小學五年級的男女學生，因彼此互批「長舌」，賭氣約定每位同學兩天內都不能說話，只准在應答師長時以低於三個字做回答，超過的字數將被記點，最後被記點多的一方就輸了。在原本鬧哄哄的校園裡，突然間失去了熟悉的聲音

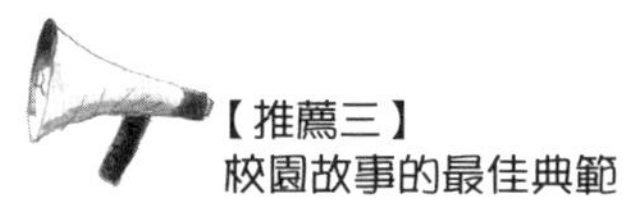

【推薦三】校園故事的最佳典範

與舉動，這樣奇怪的事令師長質疑並想一究原因。在這無時無刻都需要口語表達的生活中，孩子們如何才能完成使命呢？而且他們彼此發誓不能說出約定，想通過老師或父母這關也很難。因此這兩天內發生在親師、師師、師生之間的趣事與衝突不斷上演，也讓人領會了青春期兩性議題存在於學校的事實。作者透過有趣的對話與耐人尋味的結果，展現了深厚的功力。同樣的故事創意與閱讀樂趣，也展現在《成績單》一書上。

這系列作品以符合國情的口吻及流暢表達的文字，令人閱讀起來輕鬆愉悅。作者將這些小學生的行為舉措點點滴滴鮮活呈現，生活化且緊扣人心。書中古靈精怪的學生角色、老師與校長的教育觀、家長們的教育態度、充滿劇情張力的鋪陳方式，以及令人感動的結局，都很值得適齡學生、家長及教育工作者用心閱讀！

【推薦四】

另一種眼光

前台北市興華國小教師
黃瀞慧

「老師，紅加藍變紫！」孩子走出美勞教室，在走廊遇見剛上完其他課的我，嘴角揚起一道弧線，眼珠子水亮亮的，快速告訴我他的發現。我看到他手裡拎著美勞用具，懷裡揣著一顆球，想來他急著想下操場跟同學PK，便不再多說什麼，只對他微微一笑，算是對他分享一件新鮮事的回報。

學校裡的新鮮事可不少，每個孩子在學校中所發生的事，細說從頭連綴起來都是獨一無二的精采故事。當我打開電子郵件，將美國暢銷作家安德魯・克萊門斯的《我們叫它粉靈豆—Frindle》、

《不要講話》、《成績單》三本書的簡介看完，就可以預期這三本小說精采的內容，好想先睹為快。而好幾個晚上，拿起即將出版的稿子一看再看，時而望文輕嘆，時而縱聲大笑，吸引家人也忍不住湊過來一塊兒展書閱讀。我們一致的看法是：作者怎麼把小學校園的故事描寫得如此活靈活現，不僅情節的鋪陳溫馨幽默，角色的刻劃更是寫實生動。難怪《紐約時報》書評盛讚安德魯．克萊門斯先生建立了校園故事的最佳典範。

在教改十年的今天，遠流出版這一系列的小說，可預見他將廣泛影響大人和小孩不斷地深入思考和討論有關「創造性的思考」、「語言文字的力量」等語文問題，以及「考試與分數」、「品格與競爭力」等教育相關議題。

以一位小學教師的眼光來看，這些發生在校園裡的故事，傳遞

了教師教學藝術化的概念，也陪伴孩子喜悅成長，像是書中的葛蘭潔老師、波頓老師、霞特校長一樣。

很多時候，教師與學生像是在學校進行一場生命的神秘交換，也許是交換知識，也許是交換態度，也許交換的是情緒。

當葛蘭潔老師決定扮演尼克「Frindle」事件中的反派角色，霞特校長拿起擴音器對著大衛咆哮，我看到教師角色的難為，有時他們已經盡了許多力，但似乎無法立即看到預期的效果。

當波頓老師認為這「不要講話」的比賽對他來說「好像是一個千載難逢，一輩子只能碰到一次的機會，可以在語言、文字與溝通方式間穿梭游移，去嘗試全新的、特別的方法」。在這個正面積極的想法的前提下，他巧妙運用三個字的規則，成功上完生動有趣、充滿創造力的一堂課。這提醒了我：每次發生在教室裡的事件，都

是教學的好材料，和孩子本身相關的事件都是最佳題材，端看老師能否慧眼獨具、慧心巧妙地把握師生靈感交接的吉光片羽。

這三本書從孩子的角度出發，可以讓當老師的人激勵自己做更好的老師。就如同我也想和葛蘭潔老師一樣留一封信給我在走廊上遇見的那個孩子，告訴他：「孩子，老師為你高興，你是『發現』而不是『知道』紅加藍會變紫，將來你也可能發現生活與學習除了公式與技術之外，還有藝術與文學。那麼，有一天你也可能會發現紅加藍可能是黃，可能是黑，也可能是白。」就像讀這一系列書，一讀二讀三讀，可能都會有不同的發現。

【推薦五】

有趣又具教育意義的書

教育學家 鄭石岩

安德魯・克萊門斯這系列校園故事，不但文學價值高，引人回憶童趣，省思成長的過程，更是難得的教育名著。

這系列作品以故事的方式，娓娓道出每個人似曾相識的童年往事，把一個個校園軼事，串成活潑和發人深省的小說。在閱讀之中，峰迴路轉的每一件事，都能扣人心弦、再現童心，甚至連校園中的景致氣氛，都歷歷如繪，浮現在腦際。而我就是在陶醉的心境中，賞閱了這些美好的故事。

這些故事時而白描校園情景；時而披露兒童的心思、天真和無

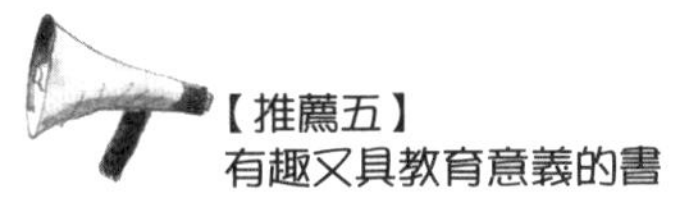

邪；時而陳述老師的震驚、愛心和不知所措。書中到處洋溢著師生之間的鬥智，更看得出不同角色之間，互相了解、同理和學習的磨合過程。

校園是童年的舞台，作者讓這個實境變得生動活潑。你看到兒童的調皮，也看到天真、創意和友愛。你看到了教師的堅持和錯愕，也看到因勢利導的溫柔。書中揭示了一個教育真諦：教導是在師生互動之中切磋出來的。

這個系列對於學校的老師和校長，都具有啟發性。最主要的是它讓大人了解兒童的想法和行為方式。它讓家長知道兒童在學校裡如果有了「狀況」，應用較大的視野去做引導和啟發，就能產生全新的結果。當然，我相信督學和行政人員也能在這些作品中，得到更多的「教育嗅覺」，提升解決校園問題的技巧。

成人和兒童是兩個不同的心靈世界，童年的純真、好奇、喜樂和稚情，推動著他們展開新探索，憧憬美好的新世界。童心往往不拘泥於現實，常與現實牴觸，但它正是人類改變現實困境，以及發展創意的潛伏力量。成人的心境則正好相反，他們學會面對現實，對於牴觸現實的想法和行動，往往會壓抑下來。於是，教導者必須了解童心，兒童也必須學著適應現實。這一系列作品，均以活潑多趣的筆觸表現出這個真諦。

此外我要建議一般讀者，你可以像我一樣，把它當作心靈點心。在忙碌的生活中，抽點小空閱讀，不但能回味活潑有趣的童年，更重要的是，當你的童年記憶被書中的情節活化時，會變得開心起來。童年往事的活化，不只是帶你懷舊，更會讓童年的喜樂和創意，在身心中復甦。

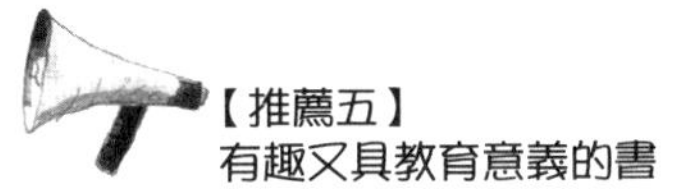

這是一套有價值的書，不只適合父母和教師，更適合每一個年齡層的讀者。它不但博你莞爾，更重要的是，它能活化你的童年，使你從中得到省發。

【導讀一】

嘉年華式狂歡之餘

前台東大學兒文所所長
張子樟

「校園故事」（school stories）是青少年文學重要的類型之一。校園是青少年成長階段學習團體生活的大本營。知識的累積、品德的陶冶、倫理觀念的形塑都有賴於孩子在校園裡與師長同儕的互動。「校園故事」之所以深受青少年喜愛，主要是因為這些故事貼近他們實際的生活，充分展露了他們的喜怒哀樂，同時藉由他們的一舉一動，使得師長與家長確實體認孩子真正的想法。安德魯·克萊門斯的校園系列故事以幽默的筆法觸及了孩子的內心世界，作品一直高踞在暢銷書排行榜上，主要是因為他的作品節奏明快、情節合理與溫馨感人的結尾。

克萊門斯的三本書各有主題，但都是繞著教育孩子這個重大的課題打轉。《我們叫它粉靈豆—Frindle》談的是面對有創意的學生，任課老師和學校當局是要積極鼓勵，還是一味壓制；《不要講話》中的大衛和琳西帶頭玩閉嘴遊戲，驚動師長父母，一時也不知如何料理這一群從聒噪者變成寡言的頑童。《成績單》暴露了學校裡成績評估的盲點、同儕的不必要壓力，「天生我才必有用」的說法並不適用於像諾拉這等智商的女孩。

這三本作品表面上似乎在於暴露校園師生對立不安的局面，但實際上，作者是在為校園裡一些長久以來未能解決的共同難題尋找最合理的答案。三本書與其說是孩子與大人對抗的濃縮版，還不如說是孩子對大人設定的規定質疑。他以詼諧幽默的手法，把原本很

嚴肅的師生困境，輕描淡寫地化解了。作品深具教育意義，但趣味盎然。小讀者邊讀邊笑，不知不覺中也被作者的說法給說服了。最難能可貴的是，文字嘻皮笑臉，調侃逗趣，但背後一本正經，談的都是當前教育界無法逃避的問題。

作者逃開了說教者的身分，使得作品維持了應有的文學性。正如許多的作品一樣，作者在作品中先給自己製造了不少問題，但同時也得為這些安排懸疑成分的問題找到最好的答案。以《不要講話》為例，學生決定兩天上課期間不講話，而音樂、語言與閱讀、自然這些需要學生大量回應參與的課怎麼辦？作者必須替自己製造的問題找到最令人信服的答案。這方面作者並沒讓大小讀者失望。自然課被問到的學生用限定的三個字分段回答。音樂課則遵照老師的要求，唱せせせ，跟著節拍一起拍手，通過考驗。語言與閱讀課

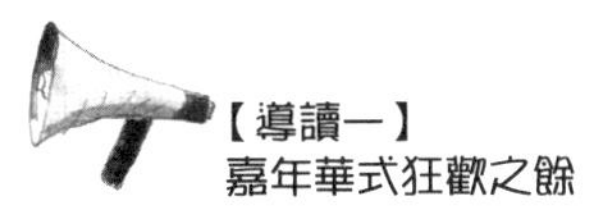

的波頓先生只要求他們說三個字來編造故事。這些合情合理的解決問題方式使得故事進展更順暢，更能激起讀者續讀的念頭。

三本作品表達的方式雖略有不同，但主旨卻在挖掘學校裡早已存在、缺少深入探討的問題。作者在《我們叫它粉靈豆—Frindle》與《不要講話》中，突顯孩童的嬉戲本質，熱烈參與創造新字及暫停講話遊戲。他們不怕受罰，以嘉年華式的狂歡心態，一起享受美妙的童年歲月，嘻嘻哈哈，終生難忘這段奇妙經驗。《成績單》主題比較嚴肅，觸碰的是比前面兩本書更為棘手的問題，少有歡樂的描繪。書中主角面對分數壓力的抉擇經過，應該會讓天下所有的父母感到心痛、相關的教育工作人員自省一番。

作者不刻意說教，但在書寫中還是流露了他對某些觀點的堅持。《不要講話》中校長對管教學生的基本態度是：「這些孩子必

須要學會，在該安靜的時候安靜，該講話的時候講話，該參與的時候參與。」這些話是傳統制式的說法。然而，學生心甘情願執行「不要講話」的規定，以及老師、校長預料之外的反應，使得這本書樂趣橫生。讀者在這些樂趣中，會領略到「顛覆」的美好滋味。

在《我們叫它粉靈豆─Frindle》結尾處出現了一封葛蘭潔老師十年前寫的信，要求尼克去思考世界改變的種種，但她特別強調任何事物的存在都有其道理：「雖然有許多事情慢慢變得不合時宜，但這麼多年來，『文字』始終非常重要。每個人都需要用到文字，我們用文字來思考、書寫、作夢、盼望和祈禱……」短短的幾句話點出了文字的永恆價值。諾拉在《成績單》結尾處，面對校長、專家與父母，講出了她對以成績評分標準來認定學生是否聰明的看法，同時還表示她寧可與一般生在一起，不願轉到資優班的想法，當場得到父母的贊同，故事有了比較圓滿的結局。

校園故事俯拾即是，但要寫得有深度，讓讀者細讀之後，再三思考，卻是對作家的一種嚴苛考驗。克萊門斯在這三本作品裡展現了他的寫作功力。一般人都認為孩子愛講話是天性，男孩與女孩的競爭是孩子最熱中的遊戲，他巧妙地把這二者併在一起。他的情節設計看不出有故意鋪陳之嫌，原創性高。他形塑甚佳的角色經常遭遇到社會現實，同時難免觸及深奧的學術理論，但他筆下呈現的依然十分有趣、自然可親。有人說，最優秀的童書作家能不著痕跡地把不同的寫作方式巧妙地放入小說敘述。克萊門斯的確做到了。

【導讀二】

一張門票，進入孩子喜好的世界

兒童哲學教授
楊茂秀

〈安德魯．克萊門斯〉系列作品，讓我覺得很像在做一連串教育的思考實驗。教育學家杜威博士曾說：「教育其實是一連串不斷的實驗。」他更主張學校其實是社會的一個重要部分，學校本身就是一個社會。這系列作品則將學校的文化，特別是以學生為主體的學校文化，透過小說的方式呈現給我們。

看著他們的故事，我們就好像戴著面具走進學校裡和他們一起生活。人類學家主張戴面具是為了方便說真話。可是，人其實沒有一刻不是戴著面具的，當人戴著這些面具的時候，常常是在說假

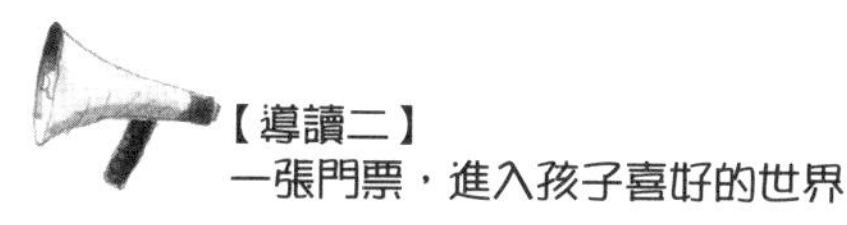

【導讀二】一張門票，進入孩子喜好的世界

話；為了說真話，就得再戴上一張面具，這是很有趣的文化現象。這三本書則是將這些面具都剝下來，讓成人世界和孩童的學校世界，在真真假假眾面具之間，在思考與現實、行為與思維、規範與知識、情欲等等這些重要的概念之間，形成各種超現實的戲劇。但為了了解這些戲劇，我們常常陷入教育的困境之中。

這系列作品，我相信小孩讀起來，會是一個接一個快樂的連續。而成人對這些其實是陌生的，雖然他們自己小時候也曾有過這樣的快樂，可是當他們變成成人、變成老師、變成父母、變成陪伴孩子成長的大人時，從前的經驗老早就被壓到下意識裡面去了。但這些書會將這些感受撩撥起來，不僅重新讓你體驗一次學校的童年生活，也進而能更了解孩子。

《我們叫它粉靈豆——Frindle》這本書，呈現了學校的一種兒童

文化，讓尼克這個小孩從眾小孩中突顯出來。從另一方面看來，每一個小孩只要你注意看他，對他夠關心，他都是一個尼克。書中尼克的行為，是在學校裡作實驗，例如他曾將美國北方寒冬裡的一個教室，一步步變成了熱帶的教室，進行一趟「南洋之旅」。他是在教室裡營造了戲劇，而這樣的事之後還不斷地發生。這個故事其實是把教室當成了一個劇場，裡面的導演、演員、場景、劇本，全部都由兒童去主導，於是成人文化在這裡失去了權威。你在此會看到孩子活潑的心思，以及令人隨時都要瞠目結舌的美妙，他們甚至於可以參與學校的改造。我還在這本書中看到了作者對於美國教育現況的尖銳批評，但他卻以兒童的觀點，提供各種改變的藍圖和細節。這是很值得台灣教育界深入思考的一部教育小說。

當我看到《不要講話》時，我看到這翻譯的書名一陣爆笑。因

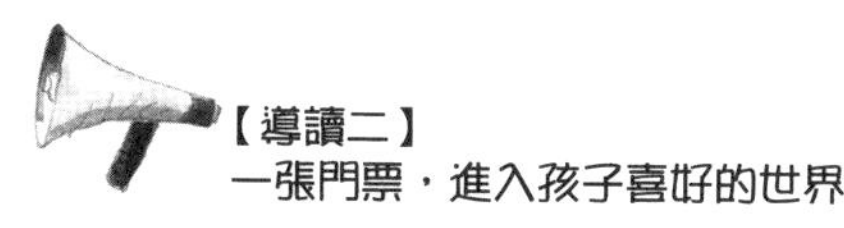

為我記得一九八三年卡內基基金會發表一篇教育白皮書，評論並警告當時美國教育的落後，因而引起美國教育界認真的反省。當時有考察團來台灣觀摩，看教師在教室裡的運作狀況，他們發現有老師分組教學，每六個小孩一組。當一切的動作都準備好之後，老師說：「各位小朋友，現在開始討論。大家好好討論，不要講話。」翻譯將這段話譯給觀察的教授聽，那位教授是我的朋友，他低聲問我：「怎麼可能？不講話要討論，他們是禪宗嗎？」我告訴他：「其實是翻譯翻錯了，他是說不要吵鬧，不是不要講話。」

其實孩子很多的講話，會被大人認為是吵鬧，而這部小說用這樣一個思考實驗，叫做「不說話的實驗」，來將學校裡言談的文化、思考的方式，以及各種語言現象，做出紙面的劇場，值得我們去觀賞。我相信在這觀賞的過程中，會帶給成人很大的快樂，而如

果針對教養的觀念繼續深思下去，則會產生讓人微笑很久的效果。

《成績單》這本書談的又是另外一個教育實驗。它是把教育機構的評量制度拿來細細地剖析，但他所用的語言是文學的，使你讀起來不會覺得那麼無趣、那麼道學、那麼充滿升學升等的沉重壓力。它讓成人誠實地面對教育非常基本的任務，也提供了哲學思考的條件。

我前面說過這系列作品讓小孩讀了一定是樂不可支，但我更看重它讓任何陪孩子成長的成人，像是學校的老師、小孩、家長、雜貨店店員、公車司機、學校外面賣東西給小孩的攤販、護士、出版社編輯等這些人真正能夠深刻反省的價值，讓這些人藉此找到參與孩子的方式，並了解孩子該有的智巧。

讀完這三本書，我把燈關掉，坐在太平洋的海風裡，望著天空，心想：「什麼時候，在我們的文化裡才能長出這種好看又能助人反省，就如同在黑夜裡看見星星、看見月亮這般給人希望又能令人安睡的書。」

No Talking
不要講話

1 嘴巴拉拉鍊

已經四個小時了，大衛・派克還努力保持著「不講話」狀態。現在是十一月中，星期一早上的社會課堂裡。而大衛所在的雷克頓小學，就位於美國紐澤西州中部，一個中型城鎮的正中央。

大衛為什麼四小時不開口說話？這件事還不到說明的時候。現在得先說說大衛在社會課的新發現。

大衛發現，在學校裡想要不講半句話，真是難上加難！怎麼說呢？這都要怪老師。十一點三十五分，歐佛比老師拍著手大喊：

「同學！各位同學！安靜！」然後她看著手邊的點名簿說：「大衛和琳西，接下來換你們報告。」

大衛向琳西點點頭，站了起來。終於到了他們發表印度報告的時間。

可是上台報告就會毀了大衛的實驗，因為他想試試看一整天都不講話。他想要拉上嘴巴拉鍊，一直撐到今天上課的最後一秒，也就是撐到三點十分的下課鐘響前。至於大衛沉默不語的原因呢……也還不到說明的時候，現在先說說他是怎麼應付這次的報告。

大衛和琳西走到教室前方。大衛負責的是一開頭的印度歷史部分，他先低頭看看手上的筆記，再抬頭看一下歐佛比老師，然後他望著全班，張開了嘴巴。

可是他沒說話。

他發出的聲音是咳嗽，咳了大概有十秒之久。接著他擦了擦嘴巴，又低頭看筆記，抬頭看老師，放眼望著全班。他再度張開他的嘴……咳、咳、咳，還是在咳嗽。大衛咳了又咳，咳到臉蛋漲紅，整個人彎下腰來。

琳西站在旁邊，不知道該怎麼辦。大衛沒有事先跟琳西說他的實驗，所以琳西只能看著他，聽著那恐怖的咳嗽聲。琳西一向覺得大衛這個人不怎麼樣，現在對他的觀感更是每分每秒急速下降。

歐佛比老師以為自己知道大衛發生了什麼事，這種狀況她早就見過了。孩子們因為太緊張，寧願裝病也不要上台報告。但她有些驚訝，因為大衛絕不是個害羞的孩子。事實上，整個五年級沒有一個學生講起話來會害羞或緊張，連半個也沒有。

不過老師還是展現了她的同情心，她說：「去喝一點水吧，你

們兩個下次再報告。」

琳西嫌惡地瞪了大衛一眼，走回自己的位子。

大衛則對著老師點點頭，又咳了好幾聲，才快步離開教室。

就在大衛到走廊喝水的此刻，也終於到了可以好好說明這一切的時候。到底大衛為什麼要四個小時不說話？他當初為什麼決定要保持沉默呢？

2 聖雄甘地

大部分的事，都可以用一個簡單的理由來說明，只是那個簡單的理由通常難以傳達事情的全貌。大衛決定整天不說話的原因，簡單來說，就是因為一本他最近讀的書。

瞧，這理由夠簡單、夠清楚吧？但事情可沒這麼單純。

現在，就來多說一點來龍去脈。

大衛要和一位同學合作發表一篇關於印度的報告，是那種不需要長篇大論，只要五分鐘就可以解決的報告。報告的內容大概就是

有關印度的歷史、地理、政治、產業、文化和人民的簡單介紹。

跟大衛合作的同學，就是琳西・柏奇斯。這兩個人對於被分在同一組都感到十二萬分的倒楣。要知道，雷克頓小學五年級的男生和女生處得很不好，不過現在還不是說這個的時候。

即使大衛和琳西得一起發表這篇報告，兩人卻一致同意，沒有一起準備的必要。於是他們把這幾個主題分成兩半，各自準備自己的部分。

大衛算是個好學生，他找到兩本關於印度的書，把它們從圖書館裡借了出來。但他可沒把那兩本書徹頭徹尾讀完，畢竟他還沒厲害到那種地步，只是讀了書裡的一些章節而已。

這兩本書中最讓大衛感興趣的部分，就是印度如何脫離英國，成為一個獨立、自由國家，這看起來有點像美國獨立的過程。

而在印度獨立的故事中，又有一個人讓大衛特別感興趣，那就是聖雄甘地。

大衛對甘地的成就大感驚奇。這樣一個骨瘦如柴的矮小男子，竟然可以憑一己之力將整個英國軍隊逐出印度，而且沒有使用武器或暴力。甘地用來對抗英國的是思想和語言。多麼不可思議啊，但這卻是真實發生過的事。

在其中一本書裡，大衛讀到這樣一段話：

多年來，甘地維持著一週當中有一天不說話的習慣，甘地相信這樣可以幫助他釐清思緒。

大衛在星期四下午念到這一小段話，然後在星期天晚上準備口

頭報告時又看了一次。他忍不住開始想像一整天不說一句話，會是怎麼樣的情景。甚至，他開始想像如果自己也一整天不說話，腦袋瓜會不會變得更清醒一點。

事實上，大衛對「釐清思緒」所代表的意義有些納悶。光是靠不開口說話這麼簡單的方法，就能改變一個人的思考方式嗎？雖然在甘地身上似乎很有用，可是用在一個紐澤西州的普通小孩身上，會有什麼效果？

不說話可以讓人……變聰明嗎？會不會從此就搞懂數學的分數或小數？如果思緒變得更清楚，是不是一眼就可以看出英文句子裡的副詞，再也不必用猜的？那運動項目又會表現得如何？思緒更清楚，就會成為更強的棒球選手嗎？

這些問題問得真好！

所以，大衛決定要將自己的嘴巴拉上拉鍊，親自試試看。

保持沉默對大衛來說很難嗎？答對了！超級困難，尤其是在一開始的時候。比方說等校車時，當他的一群好友熱烈討論著噴射機隊為什麼會輸給愛國者隊，他卻得閉嘴。不過大衛很快就學會怎樣表達意見，他點頭或微笑、皺眉頭或聳聳肩，有時搖搖頭或豎起大拇指、跟朋友擊掌，甚至手往外套口袋一插再別過頭去。不靠說話真的也行得通。到他坐上校車往學校去時，大衛已經可以不發一語卻照樣很自在。

好了，這下把大衛不講話的原因解釋得清楚些了。看起來這樣的說明似乎就夠了，然而，該說的事情還多著呢，永遠解釋不完。

現在回到星期一早上的社會課，在剩下的時間裡，大衛的嘴巴當然沒有吐出半個字。下課的鐘聲終於響起，五年級的午餐時間也

到了。

超過一百二十五個學生爭先恐後奔向學生餐廳。這些五年級學生還沒進到餐廳，就已經吵到屋頂快掀開了。只有一個人例外。

3 出言不遜

「如果要妳閉嘴五分鐘，我打賭妳的腦袋會爆炸！」這兩句話一溜出口，大衛頓時冒出兩個想法。

第一個想法是：可惡！自己已經努力了半天不說話。

第二個想法是：甘地應該不會講這種沒禮貌的話吧。

不過說了就說了，而且是對著琳西說。他這麼說是有原因的。

現在該是回頭解釋的時候了。

大衛在排隊等午餐時仍舊不發一語。他先用手指著披薩，再指一指水果。他用點頭代表「我要吃這個」，用搖頭表示「不用，謝謝」。他從冰箱拿了些牛奶，再走到維得麗太太前面刷了他的午餐卡，一路上保持微笑。

不說話？簡單得很！

接著他就跟平常一樣和朋友一起坐下來，只差沒加入他們的對話而已。大衛維持一臉愉快的表情，並且隨時在嘴巴內塞滿食物。

不說話？簡單得很！

正因為他都沒講話，大衛的全副精神便都放在聆聽上。

午餐時間聽別人說話，而且是真的用心聆聽，對大衛來說可是一種全新的體驗，因為大多時候他都是一個標準的大嘴巴。

看吧，這整件事該說明的地方還多著呢，這樣才更能解釋大衛對於甘地故事的反應。正因為大衛是個標準的大嘴巴，是個每天喋喋不休的多嘴男孩，所以像甘地這種完全保持沉默的行為，帶給他的衝擊更是強烈。

大衛真的非常愛講話，任何你想得到的事情，他都可以拿出來一講再講，說個沒完，無論是棒球、汽車、恐龍、搜集石頭、足球、滑雪、滑水、喜歡的書、最強的美式足球選手、露營、划船、電玩、任天堂、Xbox、漫畫、電視節目、電影。大衛不只有數不完的興趣，也有數不清的意見。

而且大衛總覺得，只要他說了，事情似乎就歸他管。話從嘴巴說出來，就好像交通警察站在車流的正中央，車子便會照他想要的方向走。尤其是有人開始挑釁亂罵時，這招又特別有用。說到損人或嘲笑人，大衛可是專家中的專家。

但今天午餐的時間，其他大嘴巴倒是多了許多嚼舌根的機會。大衛就這樣認真地咬著披薩，喝著牛奶，聽著別人說話。沒過幾分鐘，他的耳朵開始專注在琳西・柏奇斯的聲音上，其實是因為他不想聽到都不行。

琳西明明就坐在他後面的那一桌，整個餐廳也明明喧鬧得不得了，然而琳西的聲音卻那麼尖銳，彷彿鋸子鋸過去一般。

「……所以我就說：『妳是認真的嗎？』然後她說：『妳有問題呀？』然後我就說：『是我先看到的！』因為真的就是我先看到的。那個顏色穿在我身上超配的，妳看，我頭髮是棕色的，她頭髮是那種要灰不灰、要金不金的醜顏色。可是就因為她媽媽也在那個店裡，她就把那件衣服拿走，還叫她媽媽馬上付錢！妳相信嗎？怎麼會有這種事？她明明知道我超想要那件毛衣，還故意把它買走！

後來呢，星期五放學後練足球時，她就走過來對我微微笑，不知道是想跟我做朋友還是怎麼樣？妳相信嗎？世上怎麼會有這種事？」

不相信，大衛簡直不敢相信，世界上怎麼會有人舌頭動得那麼快，在短短時間內能講出那麼多話，而且字字句句全都愚蠢無聊到了極點！他實在不想繼續聽下去。於是他大大地咬了一口披薩，沒想到琳西的話匣子才剛剛打開而已。

「……就是那個時候，我們練完球後，她就過來說：『喂，這個給妳。』她想把那件毛衣丟給我！我就像看到臭鼬那類噁心的東西一樣，趕快甩開我的手，然後我說：『妳以為我喜歡那一件？拜託，那衣服醜得要命，打死我也不會穿！』接著她就說：『喔。』就這樣，只有『喔』，結果她就拿著那件毛衣走掉了。不過現在我真希望我沒說過那些話，因為那件毛衣真的很美，和我超配的，摸

起來又好柔軟……」

這個時候，大衛真希望他手上有一台iPod。如果不是學校規定不能帶，如果他真的能有一台，那他就可以用耳機堵住耳朵，不管什麼音樂什麼歌曲，只要音量能調高到蓋過琳西的聲音就好！

「……因為呢，有一次我想穿這件毛衣，結果我脖子碰到毛衣的地方就癢得不得了，我撐不到兩分鐘就脫下來了。不過現在沒問題了，因為呢，我媽媽啊，從我衣櫃抽屜的最裡面最裡面挖出這件高領衫。我根本都已經忘記我有這件衣服了，它是粉紅色的喔！所以我可以先把它穿在裡面，再穿上這件毛衣。而且不騙妳，這兩件顏色超級搭，簡直跟雜誌上的圖片一模一樣！妳有沒有看上個禮拜的《時尚少女》？不知道是在好萊塢還是哪裡辦了一場派對，珍娜、蘿莉和凱斯都有去的那一場？珍娜穿的那件毛衣就跟我這件幾

乎一樣，她還戴了……」

就是這一刻，大衛徹底忘掉了他正在進行保持沉默的實驗。他回頭大喊：「如果要妳閉嘴五分鐘，我打賭妳的腦袋會爆炸！」

雖然這樣講很不禮貌，雖然他的實驗也到此為止，大衛還是很慶幸他開口說了這些話，因為琳西的嘴巴終於停了下來。

但是，安靜只維持了三秒鐘。

琳西說：「你咳嗽好了喔？我剛剛好像聽到一陣小狗的唉唉叫。」她的朋友也和琳西一起瞪著大衛說：「你剛剛有說話嗎？」

「對，我有說話。」大衛說：「我說，如果要妳閉嘴五分鐘，我打賭妳的腦袋會爆炸。從妳那嘴巴裡冒出來的熱氣，簡直跟火山爆發一樣。妳看看妳，沒完沒了地講個不停！好了，我要說的就是這些，而且我就是在說——妳。」

琳西歪著頭瞪著大衛，那個樣子就像一隻鳥正盯著即將送進自己嘴巴的蟲子。

「哦，講話有什麼不對嗎？你每天喋喋不休也沒什麼問題呀？我們還不是每天都聽你講個沒完？」其他女生跟著點頭，外加一臉不屑的表情。

「嗯，」大衛接口說：「講話當然沒什麼不對，如果講的話很有內容。」

琳西馬上回道：「喔喔喔，所以你們男生就可以講說『嘿，你有聽說誰誰誰被賣到那個球隊，某某某又被賣到這個球隊。』或者『喂，他去年打得真好，超炫的，連防守都超強的！』你們可以這樣講來講去，但是我們女生卻不能偶爾討論一下穿著打扮。你是這個意思嗎？」

大衛說：「也不是……但我可沒用你那種方式在講話，就像連續講個一百萬分鐘都不用喘一口氣。而且，而且啊……」

大衛努力想找出一句真正強勁有力的話，可以完全堵住琳西的嘴巴，好結束他們的爭執。最後他說：「……反正，男生絕對不像女生那麼多話，絕對不會！」

請仔細留意大衛最後脫口而出的這一句話。

對這群五年級的學生來說，講這句話是危險的。

現在，該是來談談雷克頓小學五年級這群男生和女生的時候了，這也將會說明為什麼大衛說出那段話是個不智之舉。

大衛應該要閉緊他的大嘴巴。

他真的應該這樣才對。

4 討厭鬼

當小大衛和其他同齡的小孩第一次進入雷克頓小學附設幼稚園時，就好像一群新兵一起加入了軍隊。

幼稚園就像一個新兵訓練營，不過老師比軍隊教官和藹多了。

九個月的幼稚園課程結束後，大衛和其他新兵獲准離開軍隊，但是只有一個暑假而已。九月一到，他們又將歸營，成為小學一年級的學生。（譯註：美國許多地區的幼稚園屬義務教育，課程僅九個月，常附設在小學中；小學多僅一至五年級，之後升國中。）

一年級之後，他們再一起升到二年級、然後三年級……年復一年，他們一起升級。雖然有些孩子轉走了，也有幾個新成員加入，不過大衛和原來幼稚園的那些原始成員，這麼多年來仍然聚在一起，一同長大。

通常小學生升到五年級時，男生已經不會再叫女生討厭鬼，同樣的，女生也不會再叫男生討厭鬼。這一切理所當然，其實就是逐漸成熟那回事。

對某些人來講，這種轉變完全不費力氣。孩子漸漸長大，便會了解每個人都是真實的人，其中有些人是男生，有些人是女生。然後一夜之間大家的相處就融洽了起來，這個人與那個人之間，再也不會出現「討厭鬼」這種話。

只不過，有些人卻在這個「討厭鬼」的階段停留了久一點。男

孩討厭女孩，女孩討厭男孩，每個人都到處看到「討厭鬼」。很不幸的，雷克頓小學五年級的學生大多屬於這一種。

當然，到了五年級，他們已經不會老是把「討厭鬼」掛在嘴上，因為那樣太幼稚了。他們會說「笨蛋」、「噁心」、「沒大腦」、「煩死人」，雖然用詞換來換去，意思仍是「討厭鬼」。

更嚴重的是，大衛和琳西就是堅持異性討人厭的兩大領導人。大衛完全看不起女生，而琳西呢，眼裡根本容不下任何男生！

這就是大衛為什麼應該要閉緊他的大嘴巴的原因。

回到學生餐廳。當琳西聽到大衛說「男生絕對不像女生那麼多話，絕對不會」之後，頓時感覺全世界的女生都被這個愚蠢、幼稚、噁心又可惡的男生打了一巴掌。她更沒有忘記大衛先前講的話，什麼她嘴巴裡的熱氣，會讓頭腦脹到爆炸。

琳西絕對不是那種受到侮辱後會選擇寬恕和遺忘的人，相反的，她是那種會牢牢記恨在心的人，而且越恨越深。

5 比賽

琳西瞇著眼，用十分不屑的口吻說：「收回你剛剛那句話！」

大衛聳聳肩：「哪句話？女生都是長舌婦？這怎麼可能收回，這是真理，人盡皆知的事實呀！」

雖然這樣嚷嚷有點丟臉，但這的的確確就是大衛的真心話，一點都不誇張。在他那懵懵懂懂卻又充滿創意的年輕心靈中，這想法完全貼近現實。

琳西和她的朋友根本還來不及回嘴，大衛又說：「有個辦法可

以證明女生真的比男生愛講話，除非妳和妳那些聒噪的朋友沒膽跟我們比賽！」

「沒膽？」琳西看看身邊的好朋友，接口說：「我們什麼都不怕，只怕被你們的愚蠢傳染！」

女生們都笑了出來，大衛卻不在意這些嘲笑，他整個腦袋已經被自己的新點子佔滿了。他輕輕搖搖手，希望大家安靜，然後說：「好，比賽的方式就是：一整天在學校都不能說話。不只是在教室裡，連在走廊、操場，只要在校園裡通通都不行，一個字都不能說。這場比賽是男生和女生的大對決，說話最少的就是贏家。」

琳西皺起了眉頭：「一個字都不能說嗎？在學校裡面耶？這不太可能吧！」

現在大衛可佔到了優勢。剛剛他才完成幾乎四小時沒說話的成績，光靠這段經驗，他就對自己開出的條件深具信心。

大衛微笑說：「或許不說話對妳們女生來說不可能，但我打賭男生一定做得到。最起碼我們的話一定比妳們少。」

琳西問：「但是，要是老師指定我們回答問題，那怎麼辦？」

大衛保持著詭異的笑容說：「你可以……咳、咳、咳！」

琳西的嘴巴一下子張大了，她瞪著大衛說：「所以，你在社會課的咳嗽是裝出來的？真幼稚！」

大衛聳聳肩說：「那不過是個小實驗，結果實驗成功啦。只是萬一老師問我們問題時，每個五年級的學生都用咳嗽來回答，也的確行不通。」

琳西不屑地說：「哼，我看你這個點子實在是……實在是太幼稚了，無聊又愚蠢！」

「妳不想比也無所謂，」大衛說：「反正這只是個建議。我是說，我看得出來妳們不敢比，因為妳們是女生，因為妳們每隔一秒就必須講話。真的沒關係啦，很抱歉打擾到妳們聊天！來來來，請繼續聊，妳們剛剛不是在談什麼超級無敵重要的事嗎？啊，就是那件特別的毛衣嘛！繼續說啊，快點，妳們女生愛怎麼說就怎麼說，盡量說！」

琳西緊閉著雙唇，怒目瞪著大衛，接著她瞇起眼睛說：「你這個全世界最最最惹人厭的小……」這句罵人的話突然停在半空中，琳西雙手抱在胸前，重新開口：「好吧，我們來訂比賽規則，現在就訂。如果老師問你問題，要怎麼辦？」

大衛說：「就回答啊。」

「可以說幾個字？」琳西緊追著問。

大衛抿嘴微笑：「就說……十個字吧，假如妳和妳的朋友得跟老師說說新衣服的事，就去說吧。」

「不好笑，你的笑話好冷！」琳西說：「我們把上限定成四個字好了，如果你的回答一次超過四個字，多的字就要被記點。」

大衛搖搖頭：「四個字太簡單了吧，應該三個字就好。超過的字，一個字算一點，點數越多越輸。」

「哼，」琳西說：「這哪需要你解釋給我聽！」

「所以上限就說好是三個字囉？」大衛問。

「好，三個字，」琳西接著說：「回答問話可以說到三個字，但只能回答老師，或是校長……」

「或是任何學校裡的大人，比如說警衛伯伯。」大衛接口。

「或者護士阿姨。」琳西繼續接下去，她絕對不會讓大衛・派

克成為他們對話的終結者。

「那碰到連音怎麼算？」琳西又問。

「像是『這樣子』可以說成『醬子』是嗎？」大衛立刻接口。

「所以連音到底要算幾個字？」

大衛的臉上努力不表現出他心裡的吃驚，琳西提出的問題確實讓他驚訝，她竟然馬上就能想到連音會影響記點。不過呢，大衛也對自己的表現很滿意，因為他馬上就找到問題來回應她。

於是大衛說：「如果你去查字典，找得到『醬』這個字嗎？」

琳西說：「當然有這個字。」

「那好吧，這樣可以只算一個字。」大衛停了一下才說：「還有別的問題嗎？」

現在換成琳西想要掩飾她的心思，因為大衛的回答也讓她感到

訝異。他依舊是個超級讓人討厭的男生，但他的回答似乎很正確，講得也十分有道理。不過琳西才不會讓這一絲絲好感留在她的腦海裡，大衛是一個無可救藥的討厭鬼，硬是把她拖到這場要努力不被記點的比賽中。

還有一件說出來也有點丟臉的事，那就是琳西就和大衛一樣既固執又自負。大衛是那個把她拖下水的人，所以琳西覺得，她也有必要讓大衛陷得更深。而現在，她已經知道應該怎麼做了。

琳西回頭和同桌的女孩們竊竊私語，等所有人一致點頭後，她便轉身面對大衛，手指著身邊的朋友說：「我們想讓這場比賽的難度再高一點，也就是說，連在家裡都不要講話，還有在校車上，或者任何地方，通通都不能說話。除了我們剛剛說對學校的大人可以回答三個字的上限以外，連回答爸媽都不行。而且，我們希望這場比賽能夠整整持續兩天，不要只有一天。當然啦，就怕你們覺得這樣太難！」

大衛聳聳肩說：「哈，絕對沒問題。只不過……要是妳和妳那些朋友在家裡又開始喋喋不休，我們該如何記錄那些垃圾話的點數呢？」

「你是在說你們男生會作弊嗎？」琳西說：「這有什麼困難？只要出了校門，就採榮譽制，這是唯一的辦法。我們自己記錄自己的錯誤，然後誠實報告點數。唯一的問題就是你們男生到底可不可靠。你們有聽過榮譽制嗎？起碼我敢保證女生是可信的。」

「用不著你擔心！」大衛回嘴。

琳西抬起下巴說：「什麼時候開始比賽？我們女生明天就可以開始了，從午餐時間算起，除非你們男生覺得太趕。你們還需要多

一點的時間排練嗎？一個星期或兩個星期？」

「好好笑喔，」大衛不甘示弱：「那就從明天，星期二的午餐時間開始，一直到星期四中午的……十二點十五分如何？那是午餐時段的正中間。」琳西點點頭，大衛接下去說：「我做男生這邊的計分員，妳做女生的計分員。我們都要誠實地把結果報告出來。就這樣囉？」

琳西再次點點頭，說：「同意！」然後伸出她的手。

大衛瞧著那隻手，彷彿上面黏了一堆鼻涕一樣。「幹嘛？」他問。

琳西皺著鼻子說：「雖然跟你握手很噁心，但我們必須要握，我得確保你不會臨陣脫逃。」

大衛當然握了，只是一握完，立刻將自己伸出去的那隻手放在褲子上面擦了又擦。在旁見證這場握手大典的五、六個男生，全都笑翻了。

就在大衛轉身和幾個同桌的男生埋頭討論時，琳西也轉身和同桌的女生討論了起來。

比賽就要展開啦。

6 團隊合作

和大衛同桌的男生都是他最好的朋友，他向他們解釋比賽規則，然後微笑說：「很酷的比賽吧？」

泰德搖搖頭：「我不要參加。這是什麼白痴比賽？誰會想要整天不說話？而且就像女生說的，根本不可能！」

「你覺得女生就能不講話，男生卻做不到？」大衛說：「所以你根本還沒比就先放棄了嗎？」

泰德說：「嗯，我不是這個意思……我只是……只是覺得這樣

做很無聊。」

「所以呢？」大衛緊接著說：「拜託，這是一場比賽，而且我們男生一定要贏！好了，你們聽好，我們要做的第一件事就是告訴所有的男生，每個男生都要和我們同一戰線。提姆‧弗萊納今天早上導師的課時不在，我會打電話給他，免得他明天來了不知道狀況。你們也一樣，確定一下今天誰沒來學校，要是沒有他的電話，記得晚上打給我，我媽有全校通訊錄。然後，要確定今天所有來上課的五年級男生都知道這件事，就在今天之內。好嗎？」

傑森問：「都不能說話嗎？整整兩天？那……要怎麼做？」

大衛從口袋掏出一張筆記，那是他的印度報告。他在背面寫下「簡單」兩字，然後把紙卡拿起來給所有男生看。

這時他才說：「我剛剛有講話嗎？」

「沒有。」傑森答。

大衛又說：「注意看喔。」

大衛搖搖頭。

然後他對大家點點頭。

接著微笑。

接著皺起雙眉，露出牙齒，學小狗啊嗚一聲。

「我沒說半句話，是吧？但你們都知道我要表達的意思，不說話只是代表……不能說話而已。其實這很好玩的，就算不好玩，它也是一場比賽，和女生之間的比賽。我們一定會贏得勝利，對吧？告訴所有人要練習講短語，說三個字以內的話。」

吉姆說：「你偷聽！」

傑森說：「你口臭！」

理查則說：「看，蝙蝠俠！唉唷，超過三個字了。」

句子一個接著一個出現，每個男孩都努力說出最愚蠢的話。

「喂，」大衛叫道：「同學們，午餐時間只剩十四分鐘了，趁五年級男生都在這裡，現在就是告訴大家的最好時機。有句話我不想說又非得要說：女生的進度已經超前了！」

男生們一驚，安靜下來看看四周。

剛剛坐在隔壁桌的幾個女生，琳西、安娜、艾蜜莉、黛倫，全都飛離了座位，告訴在場所有女生這個訊息。漢娜和凱琳已經開門往操場奔去。

大衛說：「大家都清楚要和隊友說什麼了嗎？」

男孩們一起看著大衛，堅定地點點頭，再也沒有一絲遲疑。

「太好了，」大衛說：「咱們行動吧！」

7 聒噪王

大衛和琳西幾乎可以說是在學生餐廳的正中間互相咆哮。你也許會以為有許多五年級的學生已經注意到他們，也聽到這段爭執了；你也許還以為，餐廳裡多數人都知道這場比賽。

要是你這麼想，可就大錯特錯了。

會有這麼離譜的錯誤，是因為你絕對無法想像五年級的用餐時間裡，餐廳內是何等吵鬧、噪音的音量是何等高昂。不是只有一天這樣，只要是五年級的用餐時間，天天都是這樣。

而且，不是只有用餐時間才吵鬧。只要有幾個五年級的學生聚在一起，那個地方就保證會吵翻天。

所以，又到了說說這群特別的五年級學生的時候了。

唉，要說明的事情還多著呢，永遠也說不完。

學校系統真的跟軍隊有點像。記得嗎？在前面曾說過，幼稚園就像是一個新兵訓練營。

幼稚園正是大衛和其他新兵們第一次學習「規矩」的地方。他們學會何時該坐、何時該站，何時該走、何時該跑、何時說話、何時閉嘴，以及何時該吃飯、午睡、玩耍、唱歌、畫圖等種種事情。

規矩是任何一個系統都必須具備的東西——沒有規矩，就沒有系統。

對大衛和其他的新兵來說，大多數規矩都很合理，特別像是：不准打架、不准恐嚇、不准推擠、不准吐口水、不准咬人、不准偷竊、不准破壞公物、不准插隊、不准丟雪球……等等。

這些嚴格的規矩對一般孩子來說，要確實遵守並非難事，它們還算是簡單的規矩。

種種規矩中，難度最高的是像這種：「不准在走廊上奔跑。」

難啊。

「不准在校車上搗蛋。」

很難。

「不准吃糖或嚼口香糖。」

超級難。

不過雷克頓小學長達四十四頁的學生手冊上，可沒真的寫著：

「在教室、在走廊、在禮堂、在餐廳，一律不准耳語、不准聊天、不准講話、不准大喊、不准尖叫。」

沒錯，的確是有「上課要專心」這條規矩，還有「互相尊重」的規矩，也有「隨時保持禮貌」這樣的規矩。

大衛和他的同學們很守規矩，至少他們自己這樣認為。他們只是覺得可以一邊講話一邊保持禮貌，當然，他們也能夠一邊講話，一邊專心上課。

這群孩子中，沒有人故意不尊重別人、不守規矩或者沒禮貌。但他們也沒有人想停止說話，從來都沒有。

事實上，雷克頓小學的老師早就給這群學生取了一個綽號，這個綽號從一年級到現在都緊緊跟著他們，那就是「聒噪王」。

要是雷克頓小學真是支軍隊，那麼或許會有一次，可能是二年級時，琳西、大衛和所有小兵們一早排著隊，站在淒風苦雨的操場中，一位板著臉、頂著平頭、鞋子發亮的男子在他們前面走來走去，對著他們大罵。他可能大吼著：

「我快被你們逼瘋了！你們這樣也配叫做『學生』？你們簡直是一群無可救藥的土匪！你們有夠吵鬧、有夠沒規矩，我再也不會容許你們發出任何噪音！聽好！當你們走在我的走廊上，不准尖叫！遇到朋友時，不准揮手、不准大喊、不准怪叫！在我的學校裡，任何集會都不准在下面嘰嘰喳喳、咬耳朵、比來比去、亂揮手，更不可以偷講蠢笑話還笑出聲音來！當你們進到我的餐廳，不是來到一個長舌婦和多嘴公專用的免費遊樂場！午餐就是要坐下，安靜，吃飯！如果我在這裡只能再做最後一件事，我一定要教會你們這群嘴巴像機關槍的怪獸什麼是校園規矩！聽清楚沒有？」

「聽清楚了，長官！」

「小聲一點！」

「聽清楚了……長官。」

當然，雷克頓小學絕對不是軍隊。

只不過當校長是雅比蓋爾・霞特女士時，雷克頓小學就帶有那麼一點點軍隊的味道了。霞特校長是位臉長腳也長的女性，有著灰色捲髮和淺藍色眼睛，她已經在雷克頓小學當了十三年的校長。

她總是慎重地發出命令，設定準確的目標。她要所有人回報成果，從她的老師、職員、校警、餐廳員工，到她的學生和家長。她的學校從來不曾預算透支，也從來不曾進度落後。在她的地盤上，更沒有一絲懶散、混亂的氣息。

在霞特校長的銳利目光下，一群又一群孩子晃進了校園，成為茫然無知的幼稚園生，六年之後，他們脫胎換骨成為有紀律的好少年，昂首闊步地離開小學。在霞特校長的領導下，這裡像是時鐘般規律地運轉。

後來，「聒噪王」出現了。在她擔任校長的漫長歲月裡，從來沒有碰到過跟這群孩子一樣吵鬧的學生。

過去五年來，霞特校長努力讓這些孩子遵守一項最簡單的規定：不要講話，除非老師允許。

年復一年，大衛和同學的家長不斷收到學校的通知單，上面寫著他們在校車上吵鬧的情況。

年復一年，大衛所在的年級在每次集會前，都要先聽一段有關集會時應守規矩的訓話。

年復一年，這群孩子的老師全都得站在走廊上維持秩序，不論是上課前還是下課後，特別是在午餐時間。

過去這三年，這群孩子甚至被區隔出專屬的用餐時間：前年有三年級的午餐時間，去年有四年級的午餐時間，今年則是五年級。這是霞特校長的決定，她不希望這群學生喧鬧的行為影響到學校裡其他孩子。就這樣，一年又一年，「聒噪王」的綽號跟著他們一起升級。

老實說，有些五年級老師早就放棄努力了。他們對於改變這些孩子已經不抱希望，只要還應付得過去就好。畢竟現在已經十一月了，再過短短六個月，聒噪王就會永遠離開雷克頓小學，升到國中去。明年起，這裡又將安靜下來，非常非常地安靜。

不過霞特校長可沒有放棄，她相信改變是有可能的。還有半年

多的時間可以教育這些孩子，她要好好利用這段時間才行。

每一天，霞特校長大步走在五年級教室外的走廊大喊：「就是你！不要鬼吼鬼叫！」

每一次集會，她注視著他們說：「我不希望聽到五年級再發出一丁點聲音，聽清楚了嗎？」

每一次五年級的午餐時間，她提著大大的紅色擴音器，在餐廳裡走來走去。當噪音到達無法忍受的地步，她就會打開擴音器開始廣播：**「同學們，你們實在太吵了！」**

霞特校長相信，持續地提醒對這些孩子一定有效……怎能可能沒效呢？畢竟他們仍是一群本性善良的孩子……是吧？他們應該會成長、進步……難道不是嗎？

她知道她對這群孩子的態度非常嚴厲，但這也是為了他們好。

她相信他們遲早會成熟一些，也會靜得下來。

現在就來說說十一月第二個星期的星期二中午所發生的事，這也是大衛在雷克頓小學的最後一年。

再過兩分鐘，五年級的午餐時間即將開始，霞特校長也一如往常做好了準備。她首先檢查另外一位老師的班表，確定這位協助維持五年級秩序的人沒請病假，也沒跑去開會。她很清楚，絕對不要單獨一個人去管五年級吃飯這件事。

接著，一如往常，她把警衛立頓先生也叫來幫忙顧餐廳，一直顧到十二點四十分。畢竟在管理這群孩子時，越多大人越好。

她再次檢查她的紅色擴音器，確保裡面的電池電力充足。要是擴音器剛好在五年級吃飯時沒電，情況會大大不妙。

下課鐘響，五年級走廊上的教室大門各個飛也似的打開，霞特校長可以聽到他們接近了。所有五年級學生叫喊著，就像金屬置物櫃的門被猛然開啟又重擊關上一般此起彼落，一眨眼的時間，他們已經叭啦叭啦講了一大堆話。通往餐廳的走廊已經被一波又一波的笑聲、叫聲、吼聲淹沒，那聒噪的聲浪裡，充滿精力、興奮和噪音，無止盡的噪音。

霞特校長站在餐廳正中央的老位子，她已經準備好要面對今天的午餐戰爭，準備好要將混亂回歸秩序，準備好要應付這群孩子的所有花招。

但接下來發生的事，她卻一點心理準備也沒有。

8 科幻電影

五年級的午餐時間已經開始四分鐘了，霞特校長卻覺得，她的鬧鐘可能隨時會發出驚人的鈴聲：「鈴——鈴——鈴——」

她幾乎以為自己還在家裡，就躺在舒服的床上，沉浸在美妙的夢鄉。這一定是在作夢，但不對！她看著手錶上的時間，和餐廳裡高懸的大鐘一模一樣，十二點零四分。

以往隨便哪一天的這個時間，霞特校長的紅色擴音器早就派上用場了。因為這時會有一半的五年級生在排隊領餐，另一半學生在

排隊拿飲料或橫衝直撞找座位；整個餐廳裡充斥著快把屋頂掀翻的鬼吼鬼叫和吱吱喳喳聲，活像動物園的餵食時間一樣。

但，今天卻非如此。

沒有人講話，一個字也沒有。一百二十五個學生在餐廳裡走動，卻連一點點噓聲都沒有。

霞特校長聽得見冰箱的老舊壓縮機正嘎嘎作響，也聽得見廚房員工正在低聲談話，甚至還聽得見孩子們的腳步聲，在隊伍中游移前進。

詭異的安靜嚇到她了。霞特校長覺得自己彷彿置身在一個恐怖科幻電影的場景裡。

雖然她有時候還蠻喜歡看恐怖電影，但此時的她，卻一點也不喜歡這一刻腦中浮現的想法。因為這些五年級的孩子好像都被外星

人綁架，而且全被洗腦了！又或者，他們被某種奇怪的生物攻擊，舌頭全被剪斷，只剩舌根，再也發不出任何聲音。

一陣寒顫爬過校長全身。她看到一個女孩正盯著她瞧，這才想到自己剛才大概是露出了奇怪的表情。

那個女孩拿著午餐坐下，霞特校長硬是擠出一絲笑容說：「席拉呀，今天好嗎？」她的聲音在安靜的餐廳裡，竟然還有回音。所有正在排隊等著拿牛奶的男生，全都轉身望向席拉，就連女生也一樣。

席拉吸了一口氣，有些緊張地對著校長微笑，輕聲又緩慢地說出：「我很好。」

霞特校長轉向排隊拿冷飲的學生，結果那裡的每個人都趕快轉頭看向別的地方，一切仍舊靜悄悄。

校長再次有置身科幻電影中的錯覺。

此刻，身處這麼安靜的場合，手上拿著一個紅色巨大的擴音器，實在是很滑稽。所以霞特校長開始朝著通往操場的門走去，艾絲柯芭老師正站在門前。她努力維持平常的樣子，好像今天午餐時間的死寂與寧靜是再正常不過的事，劃破寧靜的只有盤子的撞擊聲和球鞋摩擦平滑地板的嘰嘎聲。

霞特校長輕輕將擴音器放到牆邊的地上。她低聲問艾絲柯芭老師：「今天這裡是怎麼了？」

艾絲柯芭老師也小小聲地回答：「我完全想不通。但一定有什麼詭異的事，一定有。」

霞特校長打從心底不喜歡這種感覺：似乎有某件奇怪的、全新的事正在進行中，而這件在她學校裡發生的新鮮事，竟然未曾得到

她的允許就展開。這項活動，根本未經核准！

霞特校長並不是只愛管學校裡的大大小小事，她是發自內心認為自己有必要對一切負責。

所以，她深覺自己應該要說些什麼話，或做點什麼事來破除這個魔咒。於是她離開牆邊，用宏亮的聲音說：「五年級的同學，午安！今天的午餐好吃嗎？」

所有學生面面相覷，整個餐廳裡的人彷彿一起深吸了一口氣，然後幾乎異口同聲地冒出：「好吃！」

然後，又是安靜。

空氣凝結了幾秒，校長再度開口：「今天你們非常安靜，你們的表現讓我非常……感動。」

有些孩子露出了微笑，有些則是點點頭。不過，還是沒有半個

人說話。

霞特校長接著問：「大家都不講話，有什麼特別的原因嗎？」

空氣又開始凝結，連本來在吃東西的人也停了下來。

沒有人舉手，沒有人回答。

但霞特校長可是一位敏銳的觀察家。就在那瞬間的寧靜中，她觀察到一件事：當她的問題一出口，似乎所有的男生都瞧向在冰箱旁的大衛・派克，而每個女生都瞥向剛坐下來的琳西・柏奇斯。

怪，很怪。校長心裡這麼想。

整間餐廳裡的情況都很怪，不是普通的怪。此刻，空氣完全凍結，寧靜到孩子們都像是停止了呼吸。

所有人等著看校長下一步會怎麼做。

又過了幾秒，校長終於在清清喉嚨之後說了話：「好吧，各位

同學，請繼續享用你們的午餐。」

於是餐廳又恢復生氣，但仍是一片寧靜。

適當的字眼

當大衛終於走到餐桌旁坐下，他實在無法掩住嘴角的笑意。這一切真是太有趣了，他興奮到幾乎無法開口咬下手中的起司漢堡。他是真的不想咬下去，因為咬東西也會發出聲音，況且當他咯吱咯吱咀嚼時，就感受不到寧靜。

寧靜，他覺得真是一種奇妙的東西。

而看著霞特校長拼命想知道這裡是怎麼一回事，也是一種神奇的感覺。就好像是他們讓她陷入一個強力磁場中，完全掙脫不出

來，只因為這一片寧靜。

大衛看看其他同學，許多人臉上同樣有著奇妙的表情。他們心中也有同樣的想法吧，大家竟是如此一致。

突然，有個聲音傳出：「喂，還給我！」

這時所有的人，不論男生女生，全都倒抽了一口氣，探頭尋找究竟是誰發出聲音。

就在冰箱旁，艾德・凱斯一手捂住嘴巴，另一手伸向布萊恩・戴格克拿著的櫻桃冰棒。

大衛的眼睛搜尋了一下，立刻看到琳西。

琳西知道一堆人正盯著她，她卻假裝沒看到。她慢慢把手伸到後面的口袋，慢慢拿出一枝筆和一本紅色小筆記本，再慢慢翻開封面。接著又慢慢地在第一頁上一筆一畫地畫上四條槓。

她輕輕合上筆記本後，終於抬起頭來望向大衛，還順便給了他一個燦爛的微笑。

就這樣，女生超前了男生四點。

不過大衛一點也不擔心，比賽才剛剛開始，還有整整兩天。現在大衛百分之百確定，接下來這四十八個小時將會非常非常地……有趣。然後他突然在想，用「有趣」這個字眼對嗎？還是應該用……「神奇」？或者是……「刺激」？對了，就是「刺激」！

大衛碰巧瞄到霞特校長的臉，他感覺得出來，校長把所有狀況都看在眼裡，從艾德脫口說出那些話又捂住嘴巴，以及所有同學驚訝的反應，到琳西作記錄的一切動作。

就在這時候，校長突然轉頭，將眼神鎖定在大衛身上。她雙眼直視著他，皺著的眉頭彷彿打了結。

大衛立刻低下頭看他的午餐，就在這時候，有另一個字眼蹦出他的腦海。他十分確定，還有一個適當的字眼可以描述未來這幾天的情況：危險！

10 午休時間

瑪羅老師是五年級的自然老師，今天輪到她來維持午休時間的戶外秩序。她在辦公室匆忙吃著午餐，警衛立頓先生從門口探頭進來說：「奇蹟發生了，誰想要看？快點到學生餐廳去，五年級那些孩子們今天通通不說話，連小小聲的哼哼哈哈都沒有！那裡就像在辦喪禮一樣安靜！」

可是瑪羅老師沒有這種閒工夫。她吃完午餐，抓了外套，就趕快走出辦公室，穿過體育館，往操場衝過去。

即使立頓先生沒有探頭說那些話，不消多少時間，瑪羅老師便感受到操場的不同。每個老師都很熟悉午休操場上的尋常嘻笑聲，那裡會有孩子們聊天、吼叫、追逐奔跑聲，還有爭論誰是誰非、誰出局了和誰跑得比較快之類的聲音。

今天卻不是這樣。瑪羅老師注意到，有一整層「講話」的聲音不見了，徹底消失了。

但不是所有聲音都消失，在這個第一次沒有說話聲的午休時間，孩子們還是發出了一些聲響。

艾莉・拜德弗正在鞦韆旁邊跟蕾娜・韓德森咬耳朵，結果一群男生馬上站到她身旁搖手比劃，艾莉伸出八根手指頭，代表她應該被記的點數。

克莉絲汀・法利就不用自己認罪了，因為操場上大概有一半的

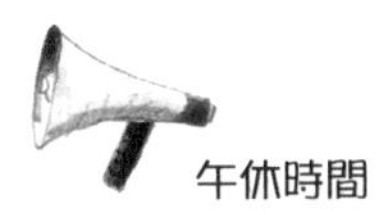

人都清楚聽到她的聲音，宏亮又清晰。她用力跺著腳，朝瑞秋・摩根吐舌頭，然後叫囂：「妳不是我朋友！說謊、自私，又差勁！我才不管我說了幾個字！」

總共是二十三個字。

克莉絲汀的重大失誤，再加上艾莉講了八個字，現在大衛可以在他的正式計分表上記下女生有三十一點了。這計分表不像琳西的紅色筆記本那麼精緻美麗，這只是大衛從口袋裡掏出的幾張摺了又摺的筆記紙。

另一方面，男生也不是沒有失誤。

史考特・維克踢出去的足壘球沿著三壘邊線跑，兩個男生用手比出界外球的姿勢，史考特就大喊：「界外？不可能！你們瞎了嗎？」要不是比爾・哈克尼斯整個人撲過去還用手大力蓋住他的

嘴，史考特絕對還沒罵完。史考特還給了比爾一拳，幸好沒讓比爾痛到罵人。

這個事件讓男生賠上十點。

緊接著，第一個陰謀出現了。傑洛米・史蒂芬站在告示板旁，凱娣・愛迪生偷溜到他身後，拍他肩膀一下。傑洛米一回頭，凱娣就對著他的臉頰送上一個超級響亮的親吻。

傑洛米登時就像染上重病，邊抹臉頰邊哀嚎：「可惡，妳在做什麼？噁心、低級！誰來幫我弄乾我的臉！」

女生這下又賺到二十分，而且凱娣賺得更多，她已經暗戀傑洛米兩個月了，偷襲成功的感覺真樂！

即使孩子們真正講出的話並沒有幾個字，操場離安靜無聲卻有一段距離，而且隨著上課時間越來越近，這個距離也變得越來越

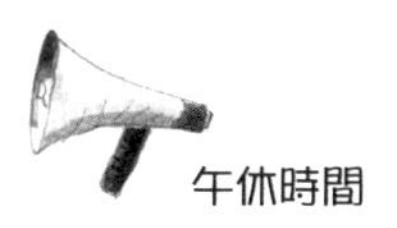

遠。因為五年級的學生已經發現他們不是在比賽誰最安靜，而是在比誰的話最少。發出聲音有什麼關係，只要不是說話就好。

大衛在體育館門口開始吹口哨，立刻有四個男生加入他。他們把腦子裡想得到的歌通通吹出來：划船歌、ABC、倫敦鐵橋垮下來、王老先生有塊地、小星星、醜小鴨、火車快飛、星際大戰主題曲……一首接著一首。儘管許多哨音都變調了，仍然稱得上是一場精采的表演，每一首曲子之間都有掌聲與尖銳哨音的鼓勵。

就在這場口哨音樂會的附近，六七個女生也開始吼叫。那不是會讓大人們跑來關切的尖叫，而是一會兒尖細、一會兒吠吼、或是亂叫一通，讓旁人聽了只覺得討厭。遠在操場另一邊，幾個女生飆起高音來，這聲音就像是海灘球出現在棒球場裡一樣怪：「ㄝ——ㄛ——」、「ㄨ——ㄏㄧ——」、「ㄝ——ㄝ——ㄝ！」噪音一大堆，

不過沒有一個聲音是在說話。

有些女孩在玩雙條跳繩。但因為不能數出節拍，所以旁邊沒在跳的人就用拍手來打拍子。

最安靜的活動發生在四個拿著講義夾的女生身上，她們正一起研究「美國標準手語」。四個人坐在地上圍成圓圈，認真地練習。

布萊利・朗恩和泰勒・雷諾德可是集聲音之大成，他們在操場四處走動，不斷找女生麻煩。他們在女生面前製造出各式各樣惱人的噪音：彈舌頭、爆開嘴唇、學獅子吼、學鴨子叫、學大狗狂吠、打嗝，還有一招是把雙手放在鼓起的臉頰上，然後用力擠出空氣的聲音，很像一種應該出現在廁所的聲音。

瑪羅老師看得出來，儘管操場上什麼樣的活動都有，但那些一般操場上特有的高音，嘰嘰喳喳、嗡嗡嗡的講話聲，朋友間吆喝呼喊聲，卻通通消失了。絕對沒錯！這些孩子不講話！對任何一群普通的孩子來說，這樣的狀況都已經很不尋常了，更何況是對這一群五年級的孩子，警衛說的一點都不誇張，這真的是「奇蹟」。

可是，為什麼呢？他們變成這樣總有理由吧？身為一個受過嚴謹科學訓練的人，瑪羅老師十分好奇。

她站在操場上思考著，腦中也開始調整下午的上課內容。十分鐘後，有二十六個五年級學生將會坐在她的教室上自然課。

再也沒有什麼比一個好實驗更讓瑪羅老師高興的了。

11 問題與回答

瑪羅老師已經教了十七年書，卻從來不曾走進一間坐滿學生但又安靜無聲的教室。對她來說，這是全新的經驗。

對這些孩子來說也是。

大衛看著瑪羅老師走到教室前面，拿出點名簿。她先看著名單上的名字，再看看教室裡一排又一排的學生，然後再次看著她的點名簿。終於，她開口說話：「我以為我走錯教室了，今天你們還真安靜呀。有誰能告訴我原因呢？」

沒人舉手。

不過，瑪羅老師可是睜大了眼睛，仔細觀察任何可能透露線索的蛛絲馬跡。在她丟出問題後，她看到幾個孩子間悄悄交換的淘氣眼神，也看到一些孩子臉上努力隱藏的笑意。從這些表情和微笑，她便了解五年級的學生們正保守著一個大秘密。

她準備要作第一個實驗了。

放眼看去，瑪羅老師將目光鎖定在賽斯・唐森德身上。她面帶笑容地問他：「賽斯，昨天回家有沒有寫自然作業啊？」

賽斯毫不遲疑，一樣面帶微笑地回答：「有，老師！」

瑪羅老師將目光轉到愛咪・吉爾森身上：「妳呢，愛咪？」

愛咪點著頭說：「有，很難！」

「真的嗎？妳覺得哪裡難？」瑪羅老師追問。

愛咪整張臉都皺起來，嘴裡好不容易吐出幾個字：「很難算。」

她的答案得到一堆人的點頭附議，還有其他人的笑聲，但很快的，教室又恢復了安靜，徹底的安靜。

瑪羅老師真的無法適應這些孩子們完美的課堂秩序。明明昨天上他們的課時，問一個人問題，會有十五個人搶著說出答案，接著全班就爭論起來，陷入混亂狀態，非得要她拿課本敲敲桌子才能停止。不只昨天，根本每次上課都是如此，任何五年級的課都一樣。

今天卻截然不同，沒有半個人說話，除非她發問。

這倒給了她一個新想法。

「請大家拿出你們的家庭作業。」

學生們開始動作，整間教室頓時充滿紙頁摩擦的唏唏沙沙聲。

「好，」瑪羅老師說：「現在，我們看第一題。艾倫，妳怎麼

知道題目中的數量是合理的？」

艾倫快速翻著她的作業，她的表情令瑪羅老師相當驚訝。艾倫看起來十分惶恐！

這是自然科常見的一個問題，學生們早就被問慣了，但艾倫看起來卻像完全搞不清楚。瑪羅老師看得出艾倫的功課寫完了，何況她還是班上自然成績最好的學生之一。她到底在怕什麼呢？

就在艾倫彷彿陷入極度恐慌的幾秒鐘後，她鎮定下來。一個字一個字緩緩地從她嘴裡滑出：「看……數字。」

瑪羅老師正等著她繼續解釋，但沒等到下文。

「嗯，」瑪羅老師說：「然後呢？」

艾倫回答：「我假設。」

一樣是緩慢的語調，一樣又陷入沉寂。

「然後呢？」老師追問。

「再……計算。」

瑪羅老師點點頭：「妳當然需要計算，但我想聽到的是妳的思考過程，妳的邏輯。」

艾倫答：「做……比較。」

瑪羅老師很不滿意，她轉身朝向教室的另一邊：「來，大衛，告訴我們你第一題的答案，還要解釋你的作法。」

大衛看來一點也不害怕，卻也是花上很長的時間在思考答案，長到令瑪羅老師開始不耐煩了起來。「派克先生，我希望『今天』就能聽到你的答案。」

大衛慢慢說出：「四百四。」

瑪羅老師立刻追問：「四百四十個什麼？」

「汽油桶。」大衛慢條斯理地回答。

老師說：「每一……」

「每一天。」大衛接口。

「錯！看看你的作業，告訴我你究竟是忘掉了什麼！」瑪羅老師已經失去耐性了。

大衛眯著眼、皺著眉，仔細看他的作業。然後他點著頭，遲疑地說：「嗯……第一天……」

一陣輕笑聲漫過教室，那是女生們的笑聲。

瑪羅老師厲聲斥責：「什麼時候答錯題目也變得這麼好笑？」

這位自然科老師的心裡是這麼想的：他們今天全在裝傻嗎？難道事情就是這樣？

不管這群孩子究竟在做什麼，她都不喜歡。這打斷了課程的進

行，影響教學的進度，讓她非常不高興。

瑪羅老師再也沒有心情「作實驗」，她不想再跟這些學生繼續玩下去了。如果他們想要安靜，那接下來的課就讓他們如願。

她有些火大地看著全班說：「收作業！」

所有人立刻遵行，沒半點意見。

「翻開第四章，看課文。今天的作業都寫在黑板上。」

這堂課剩下的三十四分鐘裡，自然教室是一片死寂，除了紙頁的沙沙聲，只剩下偶爾出現的咳嗽或噴嚏聲。

坐在講桌前的瑪羅老師必須承認，她喜歡這種安靜，喜歡不用每分每秒跟這群大嘴巴奮戰。聒噪王不再聒噪了，很好，但是……很怪。

然而，對於這些孩子為什麼會有這種表現，她仍舊沒有得到進

一步的線索。

有個東西碰到大衛手臂然後掉到地上。是一張摺起來的紙條。他偷瞄瑪羅老師一眼，沒問題。他慢慢垂下一隻手，搆到那紙條，再輕輕撿起來、打開。

你剛剛說：「嗯……第一天……」
「嗯」是一個字，
所以你回答老師四個字，
多出一個字！
你害男生被多記一點，你輸定了！
哈哈哈！

琳西

大衛知道琳西坐在他左邊後面再後面的位子，他知道她正等著他回頭，好給他一個噁心的勝利微笑。

他才不要回頭，但卻感覺到自己的耳根變紅了。他腦子裡冒出成千上萬句罵她的話，全是不帶髒話、意境高超的厲害攻擊，像是「如果大腦裡裝的是錢，妳早就破產了」或者「哦，妳也會數到四呀？我養的小烏龜牠也……」等等。

「派克同學，拿過來。」

大衛猛然回神，抬頭望向老師。瑪羅老師正盯著他，還把手伸出來。

大衛裝出一臉無辜的表情說：「什麼？」

「那張紙條，拿過來。」

大衛走上前去，將紙條放入瑪羅老師的手掌心，這時下課鐘聲剛好響起。

瑪羅老師把收來的作業塞進皮包，用最快的速度起身離開。因為下課鐘一響，走廊上的安全與秩序都歸她管，不快點走出教室真的不行。

但是，就今天而言，走廊上其實根本不需要導護老師。瑪羅老師看見所有五年級學生換著教室，面帶微笑，互相招手，擠眉弄眼，點頭示意；也許有幾聲笑聲與口哨，再加上泰勒·雷諾德對著女生聚集的方向打了一個超響亮的噴嚏。但卻完全沒有講話聲。

她望著走廊的另一端，與艾絲柯芭老師對望，兩人互相笑了一下，聳聳肩。既然沒什麼好巡視的，瑪羅老師把手伸進口袋，拿出她沒收的那張紙條來看。

對瑪羅老師這樣一個邏輯清楚的人來說，琳西遞給大衛的那張紙條，彷彿是解開古埃及象形文字謎團的羅塞塔石碑一般，那是幫助她了解操場上、課堂上看到與聽到的一切事情的關鍵。

所以說……整件事跟字數的計算有關，只要超過三個字就會被懲罰，這也說明了艾倫和大衛的超簡短回答。而且，這場遊戲是男生和女生之間的競爭。這倒是不稀奇，這群孩子總是如此。還有就是，他們都努力保持沉默。

瑪羅老師想起自己小時候玩過的一種遊戲：當兩個人同時說出同樣的字眼時，他們就不能再說話。也許現在這群孩子玩的也是類似的遊戲。

只是這次不是兩人之間的遊戲，這場遊戲的參與者，是地球上最最最聒噪的一百二十五個孩子。

散落四處的拼圖碎片漸漸拼湊回來了。瑪羅老師的下一個想法是：其他人也會愛上這個發現！

她指的是其他老師。

但她科學的好奇心馬上湧現。她想：為什麼要破壞孩子們的實驗呢？我應該讓其他老師自己找出原因在哪裡。況且，我初步的觀察結論也許是錯的，我實在應該再多收集一點資訊，再把我的推論向學校報告。

瑪羅老師的心裡暗自發笑，忍不住自言自語地說：「孩子就是孩子！」

12 猜謎遊戲

星期二下午，對五年級的每個人來說都是大挑戰。

雅克老師走進音樂教室，坐在鋼琴前。她微笑著對大家說：「天呀，今天下午你們的秩序真好，很棒！現在請翻開音樂課本到〈這是你的家〉。」

雅克老師一邊彈著前奏，一邊說：「腰背打直，面帶笑容，深吸一口氣，開始……」

沒人唱出聲。

琴聲中斷了。雅克老師皺著眉頭對大家說：「來，我知道你們都做得到的。」

她又開始彈前奏，再加上數拍子：「一、二、三，『這是你的家，這是……』」

雅克老師再次停下來，整間教室只有她在獨唱，那高亢顫抖的嗓音還惹得學生偷笑。

雅克老師的眉頭又皺起來：「好了，同學們，這樣一點都不好玩！你們這樣的行為是不對的。現在離感恩節的表演不到兩個星期，我們沒有時間玩這種無聊遊戲！」

她伸出一隻擦著閃亮粉紅指甲油的手指，指向教室各個角落：「柏恩、湯米、安娜，還有你們每一個人，我要聽到你們唱！」

她再次彈起前奏。終於，全班一起唱出聲音：「這是你……」

歌聲嘎然中止。

琴聲依舊進行，雅克老師怒喊：「繼續唱！」多數的孩子跟進旋律唱：「我的家……」然後歌聲又不見了。

在老師又一聲怒吼後，大家唱：「從森林……」接下來的歌便這樣斷斷續續地唱完，以每三個字為一段落。

雅克老師的臉漲紅了，她用力拍一下鋼琴說：「你們今天有什麼毛病啊？」

所有學生用沉默代替回答。

就像所有的老師一樣，雅克老師深知各個擊破的道理：當你想要找出一件事的根本原因，不用問整個團體，只要找一個人來問就好。所以她把最前排的蕾娜叫起來問：「妳為什麼不好好唱歌？」

蕾娜遲疑了一下，然後指指全班的人說：「不講話。」

雅克老師問：「不講話？那是什麼意思？」

蕾娜點著頭說：「三個字。」

這位音樂老師越聽越不懂了。於是她點名詹姆士：「你，解釋一下！」

詹姆士在狀況最好時講話都會結巴，而這下他深吸了一口氣，又吐了一口氣才說：「全……閉嘴。」

雅克老師臉上現出豁然開朗的表情，繼續對詹姆士說：「哦，就像那些宣示靜坐的青少年團體嗎？他們要以沉默表達對非洲仍然有奴隸的抗議？我好像看過這篇報導，是不是這個原因？」

詹姆士看起來很氣餒。他搖著頭說：「難……解釋。」

但雅克老師覺得她已經解開了謎題，起碼解開了一部分。反正不管發生什麼事，她決定要好好陪學生們玩下去。

她環視教室說：「好，告訴我，你們可以唱ㄝㄝㄝ嗎？」

所有人都露出了笑容，像瘋子一樣猛點頭。

「拍手呢？你們可以跟著節拍拍手嗎？」

笑容與點頭都更強烈。

「很好，現在我們重新開始。」她的雙手回到琴鍵上，嘴巴唸著：「一、二、三，ㄝㄝㄝㄝ……」

教室裡的二十四個學生手打著拍子，跟老師一起哼完〈這是你的家〉七段歌詞。還有感恩節要表演的另外四首歌，也在所有學生的噗哧聲、大笑聲、ㄝㄝ聲與拍手聲中練習完畢。

第一堂不能講話的音樂課，全班都通過了考驗。

至於第五堂的體育課，就沒有這麼戲劇化的情節了。五年級變得超級安靜的消息在老師間已經傳遍，這對體育老師來說一點困擾

也沒有。星期二的體育課上躲避球，所以韓莉老師先指派了兩位隊長，然後兩位隊長再自己用手指派所有隊員，第一場躲避球比賽就開始了。一個字也不用說。

躲避球本來玩起來就有些激烈，而這一場沒有說話、沒有喊叫聲的比賽，感覺又更加可怕。平常那些用力時發出的吶喊和被球打到後的尖叫聲仍然存在，但是當三、四個紅隊的人安靜下來，專心對付敵隊僅剩的一個球員時，那感覺就好像一群狼環伺著落單的麋鹿，當狼群首領一昂首，所有的狼就朝著獵物展開攻勢，然後，喝！喝！碰！獵物到手。

從體育老師的角度來看，躲避球的意義就在於增進反射動作與加強大肌肉的運動，而一個沒有語言恫嚇、粗話戲謔、點名挑釁的比賽會怎樣？在她看來當然很好。

即使如此，韓莉老師依舊抱持著高度興趣觀察這三場球賽。她看到孩子們如何不靠講話來彼此溝通，她也注意到自己不再對學生大吼大叫。她光是比手勢、搖頭、吹口哨便能夠上課。嗓子能得到休息真是一件好事。

波頓老師教的則是五年級的語言與閱讀。午餐後第一堂課剛開始時，他也是十分困惑，之後就如自然老師和音樂老師那樣，他每問一個問題都只得到三個字的答案。但是他持續這樣的問與答，五分鐘之後，他想他知道這是怎麼一回事了，至少知道一部分。

跟瑪羅老師不同的是，波頓老師非常有耐心，又極富幽默感。他看不出來這些秩序良好的孩子有什麼大問題存在。任何能讓聒噪王停止聒噪的事都很棒，他想。再說，他覺得這種以三個字為上限的對話，還能讓他玩一點小遊戲。

他從他們的課本中選出一篇好笑的故事，這個故事相當短，他要求每個學生大聲朗誦三個字，速度越快越好，並由他來點名決定順序。

當故事朗讀結束，波頓老師說：「好，現在我要你們自己來編一個故事。」他拿起一把長尺說：「當我指到誰，誰就要說出三個字。注意聽好，你們還必須讓故事情節可以一直發展下去。現在開始吧！」

故事就這樣開始了：

「有女生，」

「很害怕。」

「天很黑，」

「『蛇來了！』」

「蛇咬她，」

「『我的腳！』」

「爬出去。」

「鄰居來，」

「『怎麼啦？』」

「『好多蛇！』」

「『有毒嗎？』」

「『毒又臭！』」

「『快上車！』」

「『謝謝你！』」

「『啊，沒電⋯』」

一句接著一句的故事，在教室裡轉呀轉。

一群從下水道爬出的巨大橘色蜥蜴，扯掉了汽車車頂，將這個可憐的女人和她好心的鄰居全塞到嘴裡。這群蜥蜴也把蛇都吃掉了。但後來花園裡的鬱金香長出剃刀般的尖齒，吞噬了橘色蜥蜴。然後這些鬱金香突然打了個超級大嗝，嗝出的氣體衝到天空，形成龍捲風，颳倒自由女神像，摧毀一艘船，也掀起一陣巨浪，巨浪一路沖進白宮，那髒兮兮的泥水還弄濕總統身上的斑點內衣褲。

真是個好故事！

下課時間到了，學生們一面安安靜靜走出教室，一面送給老師許多微笑、揮手和豎起的大拇指。波頓老師也回送學生微笑與手勢。不需要說任何話。

這是一堂成功的課，生動、有趣、充滿創造力，而且每個人必須以新的思維來使用語言。波頓老師感覺非常好。

接下來的四十分鐘是他自己的備課時間，其後便是第七堂課，也就是一天的最後一堂課。波頓老師還有許多作業要改，但他已經興奮到將它們放到一旁。因為這些孩子在做的事，對他來說就像一個千載難逢、一輩子只能碰到一次的機會，可以在文字、語言與溝通方式間穿梭游移，去嘗試一些全新的、特別的方法。原來，並不是只有自然老師才會喜歡一個好實驗的！

波頓老師坐在他的辦公室位子上，想了又想。兩分鐘之後，第七堂課就要開始，他想到了一個極棒的點子！而且他相信，這個他也無法預期會如何發展的情況，對他一定會有正面的助益。

上課鐘聲響起，波頓老師發現自己是那麼熱切地期待今天下午的最後一堂課，這再次證明了今天是何等特別的一天！

13 語言實驗

波頓老師走進教室上今天的最後一堂課。他沒有說話，當然，他的學生們也沒有說話。

鐘聲響起，他把一疊疊的橫條紙放到每一排最前面的桌上，所有學生都看著他。然後他轉身開始寫黑板。

> 今天的課程，只能用「寫」的。
> 寫出來的東西不用交給我。

整堂課都要一直寫，
而且至少要和四個人傳紙條。
每次停筆的時間不能超過十五秒。
一拿到紙就開始。

不到一分鐘的時間，所有學生的桌上都放好了紙。在不到兩分鐘的時間，第一批寫出的紙條開始在座位間交換。

泰德寫的是：「我還是覺得不能講話這件事很愚蠢。」這張紙條傳給凱爾。

凱爾看完紙條後寫下：「我倒有點喜歡呢。很特別，大挑戰。」

泰德回傳給他：「挑戰？什麼挑戰？老師都知道我們在玩什麼把戲了。像波頓老師就故意在鬧我們，我們都不講話就稱了他的

意！我喜歡講話！」

凱爾看完立刻回覆：「太可惜了。你想想看這對那些長舌婦有多難，我們一定會贏！打敗女生！打敗女生！打敗女生！懂了嗎？這是我們的無聲加油口號，就跟籃球賽一樣。很酷吧？」

泰德立刻寫道：「很酷？小男孩，一點也不酷。看我的無聲加油口號：凱爾遜！凱爾遜！凱爾遜遜遜！」

凱爾看完，對泰德擺出一張臭臉，然後轉身背對他，開始和艾瑞克交換紙條。不講話這件事，使得結束對話的方法變得很簡單。

隔了幾個位子，艾蜜莉和黛倫間的爭執也很火熱。「我並沒有說妳下課後不能來我家，我的意思是說來了不知道要做什麼，我們又不能講話！只是這樣而已。」

黛倫看完紙條，搖搖頭，寫下：「我知道妳比較喜歡凱莉，不

喜歡我。不用再裝了。」

艾蜜莉轉著眼珠子寫下：「別這樣。」

黛倫聳肩，寫說：「怎樣？」

艾蜜莉把每個字都寫得很大，表示她語氣十分強烈：「自以為是又過度敏感！我最討厭這樣。」

「看吧，」黛倫寫的是：「妳寫了『討厭』，妳討厭我。」

艾蜜莉迅速又潦草地寫下：「別傻了，我才不討厭妳。下課後來我家，我是說真的，我們一起想想看可以做些什麼。我們一定會想要講話，但是不能。」

黛倫也回覆得很快：「我才不去，妳覺得我很蠢。」

艾蜜莉一看完這張紙條，就把它給撕碎了！她起身越過走道到黛倫旁邊，拍拍黛倫的手臂，露出最最甜美的笑容，然後在一張全

新的紙條上寫下：「下課後，來我家，好嗎？」

黛倫還以微笑，點點頭。

整間教室裡，學生正努力找出新的溝通方式。對多數人而言，書寫比講話的難度高多了，因為速度變得比較慢，雖然有點像線上即時聊天，卻沒那麼即時、沒那麼有趣，還少了使用電腦的樂趣。而且，溝通當中的雙向互動，也比講話的方式少了許多。聒噪王顯然不習慣這種方式，非常不習慣。

大衛才剛結束與比爾之間很挫折的溝通。比爾不了解玩足球時怎樣才不會被裁判判越位。大衛用了三種方式來解釋，他畫圖、做表格、寫字，但比爾還是搞不懂。

所以大衛傳紙條給艾德，因為他是鎮上少年組最厲害的球員。「幫幫忙，比爾不懂越位的規則。」

艾德看完，對比爾點點頭，馬上低下頭書寫起來。

大衛四處看看，找尋寫字溝通的新對象。他看到琳西傳紙條給海倫娜，她們似乎寫得很愉快，不斷地點頭，把對方逗得開懷大笑。大衛想：八成又在聊八卦，一定是沒智慧沒內容的事。

他拿出一張乾淨的紙，開始寫給琳西：「妳跟一個有毒垃圾場有什麼不同？」不過寫下這句話後，他又覺得用語似乎太刻薄了一點，即使是寫給琳西，即使說的也是事實。

他把紙揉成一團，又拿出另一張紙。

在下筆之前，他起身走到書櫃拿出一本字典。

他翻著字典，手指沿著密密麻麻的字往下尋找，終於找到了：

嗯：讀做「・ㄣ」

感嘆詞或發語詞。用來表示懷疑、不確定，或者用在說話中有所猶豫而暫停時。

所以琳西還說對了一件事，真難得。

他走回座位開始寫：「喂，柏奇斯隊長，仗打得如何啦？你們準備要投降了嗎？」

大衛碰碰傑森，遞給他紙條，手比著琳西。

傑森拍拍琳西，將紙條交給她。琳西瞪著他，他連忙搖頭，將手指向大衛。

琳西給了個不屑的臉色才接過紙條，她用大拇指和食指尖輕輕夾著那張紙，彷彿手裡拿的是隻黏答答的癩蛤蟆。

她看完紙條，寫了幾句，輕輕推了傑森一下。

傑森把紙條回傳給大衛。

她的回覆是：「我是柏奇斯大將軍！看看你的計分表，蠢蛋！女生領先，男生落後，一如往常。我看你很需要從頭接受一次完整的教育！」

傑森把紙條遞給大衛，他讀完立刻兇巴巴地回瞪琳西，然後寫下：「別指望了，永遠的大嘴巴！」

大衛坐在位子上，對著手邊的紙條緊皺眉頭。他心中有股無法壓抑的慾望：他要向琳西展示誰才是強者，他要立刻解決這個問題，要讓琳西搞清楚她自己的角色和地位！

順著這個慾望，一個想法浮現了，一個或許他應該假裝沒有過的想法。

但他偏偏克制不了。

大衛拿著鉛筆用力寫下：「不如我們兩個來單挑，就妳和我，來一場特別的不講話競賽？從現在開始，就妳和我兩個人。除非妳不敢比！星期四午餐時間一過，到操場去，贏的人可以在輸的人額頭上用奇異筆寫一個大大的『L』（Loser，大輸家），如何？」他把紙條遞給傑森。

琳西從傑森手上一把搶去紙條，讀完後毫不猶豫地望向大衛，用力點頭答應。她用手指比畫個「L」，然後指指大衛。她還在紙上寫了些字，遞給在旁觀看一切的海倫娜。海倫娜也寫上一些字，再把紙條傳給琳西。琳西又加了些內容，這次，她把紙遞給傑森，讓他傳回大衛那裡去。

琳西起初寫的是：「海倫娜，妳當這場特別賽的見證人，請在這裡簽名。」海倫娜簽上她的名字後，琳西又加上幾句話：「多嘴王，你不能反悔了！請教一下，紅色和黑色的奇異筆，你比較喜歡哪一種？」

大衛指著琳西，故意裝出狂笑的表情。琳西也對他吐舌頭，然後轉身去和海倫娜繼續她們倆的「交談」。

大衛忽然覺得自己好像輸掉了這場爭執，琳西總是有辦法在最後做出致命的一擊。

他只要一想到琳西臉上寫了個大大的「L」，就忍不住想笑。而且這場比賽他一定得贏，要不然……

大衛實在不應該將一時的情緒化為文字表達出來，他坐在位子上，多少有些希望事情不要演變為一場戰爭。因為……因為今天非常有趣。不講話這件事本身就很有趣了，就算沒有比賽都無損它的趣味。現在卻多出了風險，他和琳西的特別賽。

他突然在想：不知琳西是怎麼看待這整件事的，當然他也不知道琳西是否願意誠實告訴他。

於是大衛拿出一張乾淨的紙寫下：「我還蠻高興我們全部的人一起做這件事，就是不講話這件事。比方說，我原本不知道『嗯』真的是一個字。這很有趣，至少對我來說。」他把紙條交給傑森。

傑森拍拍琳西的手臂，遞過這張新紙條。琳西讀完後，略帶疑惑地快速看了大衛一眼，開始埋頭寫字。

傑森傳過紙條，大衛看看琳西寫了些什麼。她寫的是：「我也有同感。我一直在動腦筋思考、思考、再思考。很棒的感覺。」

大衛一轉頭正好對上琳西的眼神，他們彼此微微點個頭。就在那幾萬分之一秒間，這不再是一場男女生之間的對抗，不是一場戰爭，只是兩個聰明的孩子共享了一個想法。

傑森再遞來一張紙條，這次是他自己寫的：「我不是你的私人信差，也許你該考慮換個位子，坐到琳西旁邊！哈哈哈！」

大衛的臉漲得通紅，他快筆在那張紙上寫下：「你瘋了！」就把它丟回給傑森。

然後在那張他和琳西交換想法的紙條上，他在最下面的地方寫了：「對，但妳別以為妳會贏。妳和妳那些沒大腦的朋友們就要輸了，真令人開心呀！」

大衛把紙條丟高，越過傑森的頭直接落到琳西桌上。他一面朝琳西扮了個鬼臉，一面猛甩自己的手，好像要把手上粘著的什麼噁心東西甩開。

他不等琳西回應，轉身開始寫新的東西，對象是史考特。

整堂第七節課，波頓先生坐在他的講桌前，觀察一切。他也寫下了許多字，不過都是寫給他自己的。

- 每個人毫不遲疑立刻開始寫。
- 有些人感到挫折，寫字比較慢。
- 有些人出現了一些氣憤的情緒。
- 許多點頭和肢體語言，還有一些手語。
- 靠敲桌子、拍肩膀或手臂來取得別人注意，也有用拳頭的。
- 嘴巴發出怪聲，彈舌頭、爆嘴唇、呸呸呸等。
- 有人模仿動物的聲音，鴨子呱呱叫、馬嘯、狗吠。有時是要引起別人注意，有時是要干擾別人。
- 不太有男生傳給女生或女生傳給男生的紙條，不過以這群學

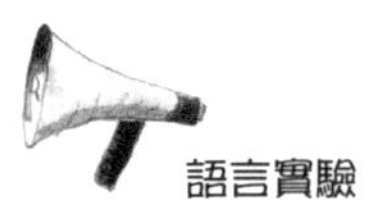

生來說，已經比我預期的還要多。

- 許多微笑、皺眉頭和其他的表情出現。
- 沒有人說出任何一個字！

波頓老師每週有兩個晚上要去州立大學進修一門課，以取得碩士學位。他修的這門課叫「人類發展學」，已經上過了幾個主題，其中就有關於兒童如何學習運用語言的課程。

當然，眼前這堂課並不是在觀察兒童學習運用語言的情形。這群孩子早就把語言運用得很好，幾乎可以說是用過頭了。

在這裡，他是要觀察孩子們如何試著去改變自己習慣的表達方式，並嘗試以全新的方式運用語言。

波頓老師的內心無比興奮，現在這間教室就好像他個人的語言

實驗室。他這麼想著：如果我仔細地記錄，說不定能寫出一篇偉大的研究報告！等他們又可以開始講話後，我還能一一跟孩子們面談，我也能從其他老師那邊蒐集到更多資料。啊，有太多可以好好分析整理的東西了，實在是太棒了！

當今天的最後一道鐘聲響起，波頓老師甚至有些遺憾要下課了。他已經等不及要上明早的第一堂課。

對所有五年級學生來說，星期二最後一道鐘聲還有別的意義。

那就表示他們得坐校車回家，一路上不得交談。

那就表示他們得去參加課後球隊練習，去上舞蹈課或音樂課，一樣不能講話。

那就表示他們得回家去，和爸媽、兄弟姊妹、左鄰右舍或任何

人相處，但通通不能講話。

沒有人知道事情會變成怎麼樣，包括大衛。

不過大衛十分確定一件事：他會盡一切努力去達成目標。因為萬一他輸了，整個星期四的下午他都將頂著一個「L」在頭上，就這樣進出教室或操場。

他絕對不會讓這種事發生！

14 無聲的回應

星期二的下午，載學童回家的校車比平日冷清許多，尤其是車上以五年級學生居多的那幾輛。

不過這些坐校車的五年級學生，倒是沒人覺得這段車程有任何困難。當身邊少掉學校裡那些大人，要保持沉默就簡單多了。有些人與朋友坐在一塊兒傳紙條；有些人拿出書來看，也有人利用時間先寫功課。大多數的五年級學生都只是靜靜坐在位子上，觀看，聆聽，還有思考。

對於像琳西這些留在學校練習足球、曲棍球或長跑的人來說，課後活動也跟今天的正課很像，因為教練都是學校老師，而能回答老師的話還是以三個字為上限。每個人對於應付這場比賽都越來越進入狀況了。

像琳西便能輕鬆應付練足球的這段時間。她不像往常喊著要人家給她球，她今天只靠招招手、點點頭就能表達一切。如果要指揮隊友防守某個區域或發動進攻，只要用手比比方向就好。琳西的足球踢得很好，她的溝通其實大多用腳就能做到。

至於像大衛這些下課後直接回家的孩子，不講話的難度就比較高，甚至高出很多。因為所有爸媽都不喜歡孩子在問話時不回答。

「大衛？」

大衛已經回家五分鐘了。當他聽到媽媽從前門進來叫他時，他正在樓上，而且是在廁所裡。

如果更清楚描述大衛此刻在做什麼，嗯，他正坐在馬桶上。

媽媽又叫道：「大衛，說話啊！」

「大衛！回答我！」

大衛太清楚這種語氣背後的意義了，他必須馬上做出回應。所以他伸長手從裡面敲了敲廁所的門。

這是錯誤的一步。

不到兩秒鐘的時間，大衛的媽媽已經爬上樓梯，雙手抓著被鎖住的廁所門把。

「大衛，你在裡面嗎？你還好嗎？大衛！快說話！」

她就要破門而入了，大衛心想。

他趕緊轉動門把，沖水，起身，拉拉鍊，扣釦子，前後也花不到兩秒鐘。然後他拉開廁所的門，給了媽媽一個盡全力擺出的天使般的微笑。

派克太太鬆了一口氣，彎身給兒子一個緊緊的擁抱，緊到就算大衛想說話也吐不出半個字，幸好他不想！

但當她一放開大衛，便雙眼直視著他問道：「你剛剛沒聽到我在叫你嗎？」

或許大衛這時搖搖頭、撒個沉默的小謊會簡單一些，但他卻又給了媽媽一個微笑，外加聳聳肩膀、攤開雙手。接著他指了指自己的嘴巴。

媽媽的眉頭皺得更緊了。「你的喉嚨？你喉嚨痛，是嗎？」

大衛搖搖頭。

「可是你沒辦法說話？哪裡不舒服嗎？要不要我打電話到歐哈拉醫生那裡問一下？我現在就可以載你去！」

大衛再次搖搖頭，不過這次他示意媽媽跟著他走。

他回到房間，從書桌上拿了張紙寫下：「媽媽，對不起。這是我們在學校約定要做的事：兩天不能講話。就只是這樣而已。」

媽媽看著紙張說：「不能講話？」又說：「別開玩笑了，每個人都需要講話的！」

大衛聳著肩膀微笑，接著寫下：「不見得總是需要。」

媽媽微微抬起下巴看著他，慢慢地點頭說：「哦，你的意思是，我總是在講話，對嗎？」

大衛再一次聳著肩膀微笑。

「我也是可以像任何人一樣沉默不出聲啊，」媽媽再加上一句：「只要我想做，我也做得到。」

她彎身撿起一件衣服，把它塞到大衛手裡後說：「好吧，把剩下來這些髒衣服都收一收，然後拿到樓下去。你自己去轉洗衣機，只能丟深色衣服下去一起洗，知道了嗎？」

大衛擠出一張鬼臉。媽媽又說：「先生，不要再回我這種無禮的話！」

凱爾在上空手道的課。他做了一個前踢，卻沒有半聲吶喊。哈德森教練先對他鞠躬，才說：「凱爾先生，出腳的時候要記得喊『嗨——呀！』，現在重來一次。」

凱爾重複了前踢的動作，表情和嘴巴也都跟著動了，但還是沒有聲音。

哈德森教練的臉開始變紅，他跨著每次不高興時就會出現的大腳步走向凱爾。不過他仍舊試圖保持平靜與禮貌，因為，這是空手道的精神。

他鞠了個躬說：「凱爾先生，你有在聽我說話嗎？」

賓・艾利斯走上練習墊，他是四年級的學生。他對哈德森教練鞠躬，當教練回禮後，他說：「哈德森先生，今天五年級的學生都不講話，每個人都一樣。」

哈德森先生敬完禮之後，露出了非常有智慧的思考表情，他在想，如果《功夫小子》電影裡的教練碰到這種狀況會怎麼說。

他沉默了好一會兒才說：「嗯，我懂我懂。沉默，沉默，沉默是金。」

他再次向凱爾先生鞠躬，凱爾先生也回禮。

凱爾再做了一次前踢，安安靜靜。

艾倫在老師面前吹奏第一段長笛曲子，出現了一個問題。

雷諾斯老師說：「好，這邊是四四拍。」她手持鉛筆指著一個四分休止符：「在這個休止符應該要停幾拍？」

艾倫在譜架上輕拍一下。

老師說：「對，但請妳用講的，『一拍』。」

接著雷諾斯老師指著另一個全休止符，問道：「那麼，這個地方要停幾拍？」

艾倫拍了四下。

「親愛的，請說『四拍』！」

艾倫保持微笑，依舊在譜架上拍了四下，然後才指著嘴巴，輕輕搖搖頭。

「什麼？」雷諾斯老師問。

艾倫再一次指著嘴巴，輕輕搖頭。

「妳的嘴唇？嘴唇有問題嗎？」雷諾斯老師緊接著說：「親愛的孩子，有事就講出來。」

艾倫笑著搖搖頭，然後將長笛放到嘴前，把曲子從頭到尾吹奏了一遍。這一遍，所有的休止符都停得恰到好處。

雷諾斯老師點點頭，也微笑了。她把譜翻到下一頁，在艾倫吹奏之前，先指出每一個休止符，艾倫也拍出每個相對應的拍子。老師滿意地點頭，艾倫便開始吹奏。

當艾倫吹完，雷諾斯老師的笑容再次出現。她指著樂譜開始的地方，拿起自己的長笛，一點頭之後兩人便開始雙重奏，順利地吹完了這一曲。

直到這堂課結束，這一對師生都沒有再說任何話。

柏恩的媽媽開車去學校接他。他一跨進車門，媽媽便說：「你該剪頭髮了，回家的路上，我先把你放到查克理髮廳去。」

柏恩一邊猛搖頭，一邊痛苦地呻吟，卻一個字也說不出來，只能在車上用力跺腳，媽媽卻繼續開著她的車。

柏恩最痛恨去查克理髮廳。

查克這個大怪人，已經在雷克頓鎮上理了超過四十年的頭髮。他替任何人剪的髮型都一樣：頭頂超短，兩邊剃青。

不過前兩次柏恩去剪髮時，倒硬是讓查克剪出了勉強可見人的樣子，那是因為他幾乎從頭到尾都對著查克尖叫：「上面不要那麼短！拜託，拜託，頭頂已經夠短了！旁邊不要用剃刀！用剪刀！可

以了，可以了！不要再剪了！謝謝你，拜託你，真的真的不要用剃刀！只要用剪刀就好，求求你！」

所以今天絕對不是一個適合去剪髮的日子。如果查克叫他坐上那張早就磨破皮的大椅子，他可以想像當他下來時會變成什麼模樣，就像剛從動物園逃出來一樣。

柏恩的媽媽一停好車，柏恩便火速衝下去，跑進理髮廳隔壁的披薩店。不過他媽媽也跟了進來，在柏恩指著菜單時搖頭說：「沒時間吃點心了，十五分鐘之後還要去接你姊姊！」她抓著他的手，將他拉出了餐廳，直接拉到查克理髮廳門口。「現在趕快進去，快一點，趁現在沒有其他人在排隊！」

柏恩真想說：「新聞快報！媽，查克理髮廳從來沒有人在排隊！這個人是個糟糕的理髮師，還有嚴重的口臭。」

但柏恩卻不能說，最慘的是，他還不能跟查克開口。柏恩的命運已經注定了。

十五分鐘後，柏恩的姊姊進到媽媽的車子裡。她看了柏恩一眼便爆出狂笑：「查克，對吧？」

柏恩能做的，只有點頭。為了不講話，他付出慘痛的代價！但他對大衛和其他男生做了承諾，他要遵守。如果贏不了女生，那百分之百不是他的錯。他有這個髮型可以證明一切。

這樣值得嗎？他想。嗯，是值得的。就算我一個星期看起來像猴子會怎麼樣？也許是兩個星期，也許是三個星期。

柏恩瞪大眼睛望向窗外，努力不去想這件事。

柏奇斯太太十分擔憂。她從後照鏡偷瞄女兒琳西，一看再看

後，忍不住想：今天她在學校過得不好嗎？有什麼事困擾她嗎？還是練足球時有什麼狀況？她們的教練有時也太嚴格了些。

大約一個月前，琳西開始坐到車子後座去，不再坐前面。媽媽開始注意到，她那個開朗又愛說話的小女孩，已經變成一個比較嚴肅、有時甚至有點距離的大女生。而今天呢？到現在都還沒說半句話，只有在剛上車時微微點了一下頭。

琳西的媽媽開始想：也許是因為我不准她週末去凱莉家過夜，她便故意沉默抗議。大概是這原因吧，孩子有時就是這麼容易不開心，天知道我以前也是如此！

事實上，琳西完全沒有不開心的感覺。她只是在思考，更精確的說，她在思考「思考」這個東西。一整個下午不講話，讓她了解到一件事：這麼多年來，她都讓她的思考大聲說出來，她想：我只

是把腦子裡不管是什麼樣的東西通通脫口而出，對著姊姊、對著媽媽。在學校也這樣嗎？我就是說了再說、說了再說，然後晚上又繼續講電話。天呀，真是不可思議！

琳西不得不承認，大衛那個關於她腦袋會脹到爆炸的說法，或許有點道理。因為那正是她一開始的感覺。

她覺得好像是一個長久以來滔滔不絕流著水的寬大水龍頭，突然間關了起來，她全部的想法也被封鎖住了。

但還不到放學時間，琳西便已經開始喜歡這個轉變。後來在整場足球練習中，她感覺自己彷彿是獨自一人，只有她和她的聲音存在。她感覺到自己好像在說：「嗨，我是琳西。記得嗎？我存在，我就在這裡。」

思考。沉默。這真是不一樣，而且感覺很好。

當車子轉進家門前那條路，就快要到家時，她抬頭一望，看見後照鏡裡媽媽的眼睛，立刻看出她眼裡的擔憂。所以她對媽媽招一招手，還露出甜美的微笑。媽媽也回送她一個笑容。

整個雷克頓鎮上的五年級孩子，都在找出不講話的辦法。星期二下午他們有沒有失誤呢？有的，但很少。每一個五年級的男生和女生，都盡一切努力去做到不講話的境界。

隨著時間進展，到了晚餐時間、家庭時間、功課時間和睡覺時間，大家又有了其他問題要面對：祖母打電話來問好、弟弟的作業需要幫忙、全家去逛街買鞋……等等各種狀況都得講話。這一個星期二的晚上，每個人都擁有了許多不平凡的經歷，每一個人都必須充滿創意、緊繃神經……當然，還有保持沉默。

只是現在不是說明這一切的時候。

現在該回到學校，回到星期二下午大約三點半的時候，回到教師辦公室旁的那間會議室。

因為那裡，正是校長和所有五年級老師舉行緊急會議的地方。

他們有太多話要說了！

15 控制中心

「各位同仁，你們整個下午都和五年級學生在一起。你們都看到了，也『聽到』了他們在做什麼。對於學校應該怎麼處理，大家有什麼意見？」

霞特校長逐一看著每位老師的臉。

瑪羅老師第一個回應：「我們應該明天一大早就把他們通通叫到禮堂，講清楚規矩，就是停止這一切。他們做的事既無聊，又干擾上課。我的意思是，沒錯，這整件事是蠻有趣的，畢竟以這群孩

子來說，似乎算是個進步，但這樣終究是不對的。下午剛開始上課時，感覺還不壞，但接下來的第二堂課、再到第三堂課，也就是第七節時，這行為就變成很大的干擾，完全破壞我的教學。自然課裡要教的東西實在很多，所以我建議應該立刻停止他們這種行為。」

艾絲柯芭老師點頭附議：「我上數學課時，真的無法忍受他們那些超短的答案。對他們來說，這是一場比賽，他們把全部精神都放在上面了。我努力教學，但他們卻是在玩遊戲，這樣我實在很難教，非常難教。要是現在投票表決如何處理的話，我贊成明天一早就停止他們的行動。」

波頓老師卻搖著頭說：「為什麼呢？他們在做的事是前所未見並充滿創意的，而且，這些孩子都用心在思考，我覺得大致說來正面的意義比較多。他們都表現出相當程度的自我控制，對這群孩子

而言，那是多大的進步啊。我覺得我們應該試著用幽默一點的態度來看待這件事，就讓它繼續發展。這種狀況不可能一直持續下去，對嗎？真的有那麼多害處嗎？」

「以體育課來說，是沒有問題的。」韓莉老師發表她的意見：「事實上，課程還更容易進行，我都不用大吼大叫了。所以我對今天的狀況沒有什麼好抱怨的，如果他們這一年剩下的時間都要像今天下午這樣上課，我也覺得可行。」

「我就不行，」雅克老師說：「他們一個星期才上兩、三次音樂課，我必須好好利用每一分鐘的時間。我問過美術老師吉姆・托瑞，他的感覺也跟我一樣。我今天下午是把課上完了，也感受到一些有趣的地方，但我無法再浪費上課時間了。要是他們最多只能連續講三個字，我根本就無法教他們唱歌！」

「我現在才了解一件事，」歐佛比老師突然說：「你們知道那個搗蛋鬼大衛・派克昨天怎麼樣嗎？明明應該上台報告，結果他卻站在全班面前咳了整整兩、三分鐘。我很確定他是裝出來的，他只是為了不要講話！我們一定要停止這一切！」

波頓老師說：「但你們忘了嗎？我們現在討論的是聒噪王呢！這麼多年來，這些學生把學校弄得天翻地覆，突然間，好像管理校園的天堂寄來了一份神奇的禮物，讓他們全都不講話了，結果我們要怎麼做呢？我們卻是要他們立刻開始恢復說話，這實在沒有道理！為什麼不能稍微等一下呢？大家想想，就看看事情會怎麼發展，只要再一天或兩天。這樣到底有什麼不好？」

波頓老師是打從心底不覺得有任何問題，就算有，他也會想辦法叫其他老師改變他們的主張。他非常希望這段沉默時光能夠拉

長，好讓他收集到更多資料，來寫出一篇偉大的人類發展學報告。

校長聽了夠多的意見。她很高興知道每位老師的想法，但她卻不希望老師們明顯分成正反兩派。這是她的學校，就跟其他事情一樣，做決定是她的責任。

於是霞特校長說：「謝謝大家貢獻出這麼多想法，非常有幫助。不過這不是一件有待表決的事，所以我呢，也已經做出了決定。我想大家都知道，打從這群孩子還是一年級的時候，我就努力要使他們安靜下來，所以現在讓他們這個活動繼續下去，希望他們就此改進，的確是很吸引人的想法，但這是不對的。突然的寧靜雖然讓學校看起來似乎比吵雜時來得順暢，但這些都不是我們真正期待的。這些孩子必須要學會在該安靜的時候安靜、該講話的時候講話、該參與的時候參與。我們不要一個全有或全無的狀態，就像現

在這樣。我們希望的是真正的平衡、真正的自我控制。不管這是一場比賽還是競爭，或是什麼東西，如果我們讓它持續下去，就會傳達給孩子錯誤的訊息。所以，明天，我們要有一場集會。我觀察到琳西・柏奇斯和大衛・派克似乎是始作俑者，所以我……」

「實際上，」瑪羅老師插嘴進來：「我想琳西和大衛更像是兩邊的隊長，他們計分、算字數，男生與女生正在進行一場大對決。我拿到一張他們的紙條。」

校長挑起眉，問道：「紙條？妳怎麼沒向我報告這件事。」

瑪羅老師聳了聳肩說：「喔，就是今天下午，在我課堂上。」

霞特校長直言：「如果妳早點告訴我，對整件事可能會有很大的幫助！」她把話暫停下來，好讓所有人感受到她極端的不悅。

這一刻，波頓老師忍不住想：女人，總是喜歡保留小秘密！

但他又馬上更正了自己的想法。因為，任何對男女形象抱持既定成見的想法，都是……不應該的。特別是，他還身為老師。

校長接著說：「不論如何，知道了總是好事。我已經想好要如何處理這個問題，所以，明天一早導師時間開始，請各位將所有學生都帶到禮堂去。」

會議室突然安靜了下來。

一會兒後，波頓老師終於開口：「如果那些孩子，對您的處理方式沒有反應，您將怎麼做呢？」

霞特校長直視著他，眼神冷冰冰地說：「我不懂你的意思。」

「嗯，」波頓老師停了半晌才說：「我的意思是說，我們應付這群孩子也有五年的經驗了，每一次我們告訴他們不要吵鬧，他們從來都沒有好好遵守過。現在我們又要告訴他們不要這麼安靜，結

果難道會有任何不同嗎？」

霞特校長盯著波頓老師看了好一會兒，在她的心中有個小小聲音正在說：「男人，總是愛講負面的話。」

當然，她也馬上更正了自己的想法，因為這種念頭可是會讓身為校長的人陷入麻煩。學校教職員的相處與任用，絕對不能有男女差異、性別對立的存在。事實上，這就叫歧視，是違法的行為。

所以霞特校長環視了全場，微笑著說：「我在這裡向大家保證，我會盡全力去解決這個問題，而且在盡可能有秩序的範圍內。我知道每位老師都會做同樣的努力，那我們明天一早見了。」

於是所有的老師都步出會議室，彼此沒有太多的交談。

事實上，是一點交談也沒有。

16 秩序

這是一個美麗的十一月早晨，陽光照在星期三的雷克頓小學操場，孩子的笑聲與叫聲一如往常在校園迴盪。

但這裡還有另一個層次的活動進行著，如果有人知道該注意什麼的話。在整排鞦韆旁、在方格鐵架邊、在棒球內野區，一小群一小群的五年級學生聚集在一起。他們傳紙條、比手勢、拼命描述星期二放學之後發生的事，好讓別人知道自己如何以智慧度過不講話的一夜。這些五年級的學生見到同學時是多麼高興，彷彿昨天晚上

他們都是獨自一人待在寂寞牢房中，整夜被關禁閉。

此外，一些與比賽相關的事情也在進行中。現在是出校門後榮譽計分制度的第一次考驗。根據先前的協議，多講話的男生向琳西報告字數，多講話的女生則向大衛報告。

大衛面前排了短短一排女生，羞愧地招認了自己的字數，讓大衛心情十分愉快。在他的小小計分卡上，女生們又添加了十五點。

琳西也一樣感到愉快。四個男生到她面前伸出手指頭，承認自己講了話，總計又多說了十二個字。雖然她覺得少得可疑，不過規則訂了就是訂了，她必須相信男生並沒有說謊，就像大衛也必須信任女生一樣。琳西心中也知道，兩邊可能都有隱匿不報的人，所以結果或許仍是差不多的。無論如何，她並不擔心，她相當有把握女生依舊領先。

秩序

第一道鐘聲終於響起，所有學生往教室裡衝。

大衛是在波頓老師的教室，當第二道鐘聲響起，每一個人都已經安靜坐在自己的位子上。波頓老師說：「請大家到門口去排隊，今天早上有一場五年級的臨時朝會。如果有人想猜猜它的目的是什麼，說出來沒關係。」

沒有人說出來，但波頓老師從他們的表情也看得到，這群孩子心裡都有數。他笑著對學生說：「別擔心，你們這麼有規矩、守秩序，有誰會不高興呢？我就很高興呀！」

他帶著學生進到禮堂一一坐下。大衛轉頭尋找琳西的蹤影，她坐在凱莉旁邊，兩個人手上的紙條傳過來又傳過去。她看起來一點都不緊張。

大衛很快把頭轉回去，他可不希望琳西發現他在看她。既然琳

西都不擔心，那他也沒有什麼好擔心的才對，即便這場集會一定和他們的比賽有關。那是當然的，難道還會有別的原因嗎？雷克頓小學從來沒有開過臨時朝會，至少在他的印象中沒有過。

更特別的是，雷克頓小學的任何集會，也從來不曾在如同此刻的完全寂靜中開始過。

大衛的心思已飄到遠方，他根本沒注意到霞特校長走上台、講了話。他完全沒在聽。

史考特・維克用手肘輕輕撞他胸前，大衛回拍過去，正好看到校長的眼神落在他身上。

「大衛，我說，請你也站到台上來。」

大衛一時恍神，四周看了一下，才看到遠遠的琳西已經離開位子向前走。他趕忙跨出腳步，穿過同學的座位匆匆向前去，再踏了

四個階梯走到台上。

霞特校長站在台上這兩位同學的中間，說：「各位同學，大家都知道，我們每一次集會的開始都要先朗讀〈國旗忠誠誓詞〉。所以，今天早上就由大衛和琳西帶領我們大家一起宣誓。所有的人，請肅立。」

全部五年級學生都站起來，一聲不響的。

大衛往琳西那裡瞄過去，琳西也正看著他。兩人的眼神交換著同一個念頭：我們該怎麼辦？

琳西微微地聳一下肩膀，接著兩人互相點個頭，動作微小到幾乎要看不出來。就在這不到一秒的時間內，他們已經達成協議：現在是暫時休兵的必要時刻。

大衛和琳西向下看著所有朋友的臉龐，點點頭，將右手置於胸

前，然後轉身面對國旗。好了，訊號已發出，訊號已收到。

這群孩子已經有十八個鐘頭沒開口說話了，所有的五年級學生都深吸了一口氣。如果舞台兩邊畫像中的華盛頓與林肯有手的話，他們一定會用手捂住自己的耳朵。

我宣誓效忠美利堅合眾國的國旗
和它所代表的共和政體。
在上帝庇佑下的國家不可分割，
人人皆享有自由與公義。

這群孩子們異口同聲吶喊著，聲音大到不可思議，精神飽滿到令人詫異。這大概是美國校園有史以來最振奮人心的忠誠宣誓了！

雄壯嘹亮的聲音在禮堂裡迴盪飄揚，整個空間似乎過了好一會兒才停止震動。

大衛和琳西飛奔回位子上，儘管耳朵裡的餘音還在繚繞，霞特校長已經開口對台下的學生說話：「謝謝大家，這真是……太棒了！我今天之所以要五年級學生過來參加臨時朝會，是希望你們所有人能在同一時間得到同樣的訊息。現在……」她暫停一下談話，眼睛掃視台下一張張抬頭凝視她的臉龐：「不管你們在進行什麼樣的比賽、競爭還是什麼玩意兒，這場突然的沉默，最多只能講三個字的遊戲，從現在起立刻停止。聽懂了嗎？結束了，停止了，從現在起！這樣子做的確很有趣，我希望大家從中都學到了一些東西，我也希望你們都玩得很高興。但我已經決定，這一切必須立刻結束。你們這樣的行為，使得課堂裡的教學不能有效率地正常進行。

同學們，我們來到學校，不就是希望能夠每一天盡可能的去學習最多的東西嗎？大家聽清楚了嗎？」

整間禮堂靜悄悄的，然後有幾個聲音冒出來：「是，校長。」

校長再問一次：「我說的話每個人都聽清楚了嗎？」

這一次整群學生一起回覆：「是，校長！」

然而，整齊的回覆結束後，沒有人在下面竊竊私語，沒有人交頭接耳，沒有人講笑話，沒有人嘻鬧。聒噪王平時的標準動作一個也沒出現。

這群孩子還是不講話。

霞特校長突然了解：沒錯，孩子們都對她做出了回應，全體恭敬順從地回答了：「是，校長。」但這句話只有三個字！現在，整個禮堂仍舊是安靜到極點。

所以，真的要證明他們已經答應恢復正常，就要……就要讓他們恢復講話，像過去一樣。

但霞特校長當下也感覺得出來，現在不是硬叫孩子們回復原狀的適當時機。最好還是讓每一位老師從小一點的團體來處理，一次一個班級來做。

於是，她微笑對著台下所有五年級的孩子宣布：「謝謝你們認真聽講，我希望大家今天在學校都有愉快的一天。各位老師，可以把學生帶回去上第一堂課了。」

霞特校長看著師生們一班一班離開，非常有秩序地解散。孩子們的表現好到不能再好。

只不過，這感覺很怪。實在是太安靜了！

17 聯盟

大衛走在前往第一堂課教室的路上，心情感到很輕鬆。對於霞特校長宣布這場比賽要停止，他實在是萬分慶幸，特別是他就不用擔心要在琳西額頭上寫個「L」或者是自己被寫了。現在，他可以只思考自己的功課就好，畢竟他是個成績相當不錯的學生，他的數學總是名列前茅。

可是當大衛走進數學教室，卻沒有跟同學聊天，也沒有同學找他說話。班上的女孩子們也全部都安安靜靜。沒有人真的確定比賽

已經結束，沒有人願意冒險開口，包括大衛。

上課鐘響，大家都在座位上坐好了。教室裡依然寧靜。

艾絲柯芭老師直接開始上課：「好了，同學們，我們今天繼續學習度量衡換算。我看看，誰要來說回家作業第一題的答案？」

琳西舉手。在艾絲柯芭老師點頭後，她說：「三一二。」

艾絲柯芭老師皺著雙眉問：「三一二的什麼？」

琳西答：「攝氏度。」

艾絲柯芭老師盯著琳西，然後說：「幾分鐘之前校長說的話，妳聽見了嗎？」

琳西點點頭。

「她不是說這場比賽必須立刻結束嗎？」

琳西再次點頭，也再次舉起她的手。

得到老師的允許，琳西才說：「為什麼？」

「為什麼？」艾絲柯芭老師說：「因為這樣做對大家都不好，這會讓上課進度整個慢下來，就像現在一樣。我們應該要專心學習數學，而不是像現在在討論……要不要講話這件事。」

琳西說：「用數字！」

「對，」老師說：「數學是用數字，但我們必須靠言語來說明如何使用數字。妳知道這個道理，你們全班都知道的。好了，從現在起，停止這個遊戲！」

琳西站起來，手指著黑板又問：「可以嗎？」

艾絲柯芭老師說：「上來吧。」

琳西一手拿著回家作業，一手握著粉筆。她把第一題題目的數字先寫出來，然後再寫了她解題的三個步驟，最後是正確答案。

她轉身面對艾絲柯芭老師。當老師點頭表示同意時，她又說：「也行吧？」

艾絲柯芭老師發火了：「我一點也不覺得有趣！琳西，我知道妳在玩什麼把戲，我不會繼續忍耐下去。現在就給我停止！」

琳西還站在黑板前。她指著自己寫下的做法說：「我對嗎？」又是三個字。

大衛看得懂老師的表情，那表情代表的意義是：麻煩來了，真正的大麻煩來了，而且這可不是針對琳西一個人而已。他屏住氣，等待火山爆發。

但就在下一秒，他卻做了一件連自己都覺得很驚訝的事。他舉起了一隻手。

艾絲柯芭老師儘管已經氣得咬牙切齒，但還是按捺著說：「什

麼事？」

大衛指著黑板上的做法說：「不一樣。」

大衛完全不等老師允許就起身上前。他從琳西手上抓過粉筆，開始在黑板上劈哩啪啦寫下他的做法。雖然最後的答案是一樣的，但大衛不是用小數來算，而是用分數來算。

艾絲柯芭老師問：「哪一些人是用大衛的方法？」

大約一半的人舉起手。

「有人用琳西的方法嗎？」換成另一半的人舉手。

老師點著頭說：「很好，大家知道為什麼這兩種方法都能解出答案嗎？」

所有人一起點頭。

「好，那就來一個更難一點的問題。凱莉，妳告訴我，大衛的

方法和琳西的方法，哪一個比較簡單？」

凱莉答：「琳西的。」

「是嗎？」老師繼續問：「為什麼？」

「步驟少。」

艾絲柯芭老師環視整間教室，她看到了點頭認同的學生，也看到其中一個孩子因突然了解而露出豁然開朗的表情。

她笑了：「答對了，用小數來算的確比較簡單。」

泰勒舉起手說：「計算機！」這個見解頓時贏得全班的大笑。

在笑聲中，大衛和琳西互望了一眼，只有短暫的半秒鐘不到。

雖然稱不上是友善的眼光，但也接近了。

接著，大衛心裡終於認真地意識到：這表示比賽還在進行！現在連他都不確定自己是怎麼想的了。

接下來的整堂課仍舊圍繞著換算的問題：英哩變成公里、公克變成盎司、公畝變成英畝……等等。每個人都用三個或更少的字回答老師，或者將答案寫在黑板上。

艾絲柯芭老師知道這群孩子根本不打算遵從校長的要求。她知道他們還在計算講話的字數，在被老師點到名之外的時間也還繼續保持沉默。

不過老實說，就在此刻，她卻不在乎了。她正在一節學習效率超高的課堂中，每個孩子是如此專心、如此清醒、如此認真投入。跟二十四小時前她面對同樣一群人的上課經驗比較起來，啊，真是天壤之別！現在這個樣子好多了。

然而，星期三早上沒有大衛和琳西帶頭的課堂中，又會發生什麼事呢？

自然課一開始，瑪羅老師就已經想好，要在第一個學生回答三個字時作出示範。她挑了凱爾。

「凱爾，告訴我鱗翅目是什麼？」瑪羅老師說。

凱爾點點頭，回答：「蝴蝶、蛾。」

「你只知道這些？」

他又點點頭：「就這樣。」教室響起一陣偷笑。

瑪羅老師拿起記事本，隨手抓枝鉛筆，邊寫邊大聲念：「霞特校長，凱爾不遵守妳的規定，他課堂討論時不說話，他……」

凱爾把手舉起來，瑪羅老師怒氣沖沖地說：「什麼事？」

「我有說！」

「不，」瑪羅老師說：「你故意用最少最少的字說，你不遵守校長的規定。」

凱爾搖頭說：「我……節約。」

老師說：「胡說八道，『節約』的意思是……」

凱爾接過老師的話：「不浪費。」

瑪羅老師瞪著他說：「『節約』是用在能源、用在水電或森林資源上，說話不需要節約。」

「有時要！」凱爾搶答，這對他來說可是難得勇敢的舉動。

一時之間，班上所有的學生都跟著點頭同意凱爾的話，這也是項難得勇敢的舉動。

瑪羅老師胸中有一股怒火開始上升，不過她是一個受過嚴謹邏輯訓練的人，她必須承認凱爾說的話有他的道理存在。任何在教師辦公室吃過午餐的人、任何開過完整教職員會議的人，都會同意學

校裡每天都有人浪費時間講一大堆無用的廢話。還有那些讓聒噪王名氣響亮的無止盡話語，百分之九十九都是廢話。

但她還是說：「現在先不講那些。校長說，你們今天上課全都要正常進行！。」

凱爾整張臉皺起來：「正常？」

瑪羅老師說：「以現在的情形來說，『正常』指的就是用校長要求你們的方式講話，用我要求你們的方式講話，用每個人平常說話和回答的方式……正常講話。」

凱爾問：「不能變？」

「這個嘛……」瑪羅老師暫停下來。

她停下來，因為三天前她才在和學生討論氣候的變遷。她說現在的正常高溫在百年前會被視為不正常的氣溫，而且她知道凱爾還

記得這件事，可能全班的同學也都記得這件事，他們是何等聰明的孩子啊。

她繼續剛剛的話：「可以變，但是，最起碼在學校裡，一次只講三個字絕對不會變成正常的行為，完全不講話也一樣。」

凱爾聳聳肩說：「我行呀。」

瑪羅老師回頭想想過去幾個星期以來，她必須大聲斥責凱爾那些停不下來的竊竊私語、沒完沒了的自編笑話，還有每件事經過他那過動的腦袋瓜所蹦出的各種評論。而現在，她眼前的這個凱爾，安安靜靜坐著，全神貫注地上課，其他每個學生也都是如此。

一時間，那個要讓這些孩子講話、希望他們回到終日吵鬧、自顧自的喋喋不休的要求，顯得一點也不合邏輯。

所以，瑪羅老師決定繼續上課，她調整自己去接受這全新的正

常狀態。這個新的「正常」，起碼比舊的「正常」好上十倍！

上社會課時，口頭報告總是特別多。歐佛比老師叫艾德・坎納和比爾・哈克尼斯這組先上台。

他們兩個走到教室前方，肩並肩站好，然後兩個人一起看著比爾手上的筆記。

艾德說：「義大利。」

比爾接著講：「古羅馬。」

艾德說：「治世界。」

比爾接著講：「幾世紀。」

換歐佛比老師開口：「你們兩個以為你們在做什麼？」

艾德說：「做報告。」

比爾接著講：「義大利。」

「不對！」歐佛比老師說：「你們還在比賽，還在算字數！」

艾德說：「但我們，」

比爾接著講：「有練過！」

然後艾德說：「繼續嗎？」

如同前後左右其他五年級的班，歐佛比老師必須做個決定：要順著孩子的行為，保證安靜又有秩序；還是要報告校長、再掀一場風波、強迫這些孩子變回原本喧鬧的模樣。

身為一個學歷史的人，歐佛比老師深知草根運動的力量，她也知道公民不服從的威力。

但更重要的是，她決定把這個不講話事件視為一個相當好的社會學實驗。再加上一點，她並不像這些孩子想著誰贏誰輸，這件事

並不能用孩子贏了、她輸了這樣的想法來看。他們只是全體一致的在嘗試另一種不同的溝通方式。如此而已。

的確，艾德和比爾的義大利報告像乒乓球一樣你來我往、斷斷續續、一點也不流暢，有時一段論述還連不起來。但他們兩個已經傳達出每個重點，表示的確有所學習，全班也坐在那裡沉默聽講，專心一意。接下來報告的五組一樣順利完成。身為一位社會老師，還能有什麼其他的要求呢？

於是和其他老師一樣，歐佛比老師也選了安靜這條路。她還決定稍後要和別的老師討論今天早上的情形，看看大家都是如何處理。當然，她也要找霞特校長談談。

對這群孩子來說，語言課應該最簡單了。波頓老師根本沒嘗試

叫他們停止這活動，如果他們只說三個字或者保持沉默，他都欣然接受，一點也不理會霞特校長先前的要求。畢竟這是他的課，不是嗎？而且如果波頓老師相信這種語言運用的方式會帶來好的學習經驗，為什麼不能這樣繼續下去？他當然可以，沒問題。

但波頓老師可不傻。他走到教室後門，探頭往走廊看一下，前後兩個方向都檢查過，便把門關起來。

然後他走回教室前面說：「艾瑞克、瑞秋，你們上來，坐在這兩張椅子上。」

當兩人都坐好，他接著說：「你們兩個現在開始做一場小型辯論。所謂辯論，就是有條理地爭論一件事情，雙方針對這件事情有相反的立場。好，現在的題目是『學校餐廳該不該放冷飲機？』瑞秋，你負責正方，贊成這個議題。艾瑞克，你就負責反方。你們兩

位要輪流發言，每一次發言，不能說超過三個字。準備好了嗎？」

瑞秋和艾瑞克一起搖頭。

波頓老師說：「別擔心，你們一定做得到。艾瑞克，你先開始。然後就換瑞秋。」

艾瑞克說：「飲料⋯爛！」

瑞秋搖著頭說：「不，很好！」

艾瑞克皺眉頭：「太多糖。」

瑞秋說：「我喜歡。」

換艾瑞克搖頭：「會蛀牙！」

瑞秋說：「我沒有。」

艾瑞克說：「牛奶好。」

瑞秋聳肩說：「健怡好。」

艾瑞克說：「沒營養。」
瑞秋舉起她的手臂，指著一坨肌肉說：「多吃菜！」
艾瑞克回說：「有人不！」
瑞秋說：「各自挑。」
艾瑞克說：「汽水……貴！」
瑞秋從口袋掏出一塊錢：「我有錢。」
艾瑞克說：「別亂花。」
瑞秋說：「我就愛！」
艾瑞克搖頭說：「有校規。」
瑞秋擠出勉強的笑容：「真糟糕！」
他們便這樣爭論了四、五分鐘，毫無間斷。
所有的學生都聽得入迷，當然囉，波頓老師也不例外。

他興奮地寫著筆記，描繪每一個反應，努力將孩子們的所有表情、姿勢，甚至是語調完整記錄下來。

雖然交換的話語很少，但在他們努力的辯論中，一大堆意念在流動。他們有些激動，顯然三個字的限制帶來了困擾；不過，他們還是努力把話精簡到極少的字上，彷彿是場日本俳句的辯論。

聽這場辯論，也很像在聽山頂洞人或泰山講話，就像他們會說：「餓，要吃。」而波頓老師自己也寫下了一些三個字的句子，打算要放到「人類發展學」的報告裡：

每字算。

選好字。

名家讚。

挑重點。

可分段。

拒傳統。

成大師。

他一面看著自己寫的句子，一面思考：或許我該用三個字的句子來寫一整篇的報告，這肯定會引起教授的注意！

至於音樂課的情形，一開始和昨天一模一樣。同學們靜靜走進教室，靜靜坐下。雅克老師十分清楚，這群學生不打算遵守霞特校長的規定，所以她準備採取些強烈行動來停止他們的無聊舉動。

不過當她彈了〈穿林過河看外婆〉的前奏，在進入歌詞旋律的

當下，所有人的歌聲一起爆發出來。

雅克老師相當驚訝，她以為校園權威和規矩已經打了一場漂亮的勝仗。她心裡想，我應該要寫一封特別的感謝函給校長，謝謝她領導有方。

但事實上，校長的談話並不是導致這些孩子唱歌的直接原因。黛倫早就寫了張簡短的紙條，拿給所有走進音樂教室的女生和男生看，紙條上寫著：

唱歌不算是講話，說定了？

每個人都點點頭，不分男女，安靜地認可這項比賽規則的小變通。再說，沒人希望感恩節表演變成一場爛節目，而且到那時，這

場比賽早就結束了。

在這晨間第一堂的音樂課，這群男孩與女孩可能並沒有意識到一件很重要的事情發生了。並不是他們同意要唱歌這件事，而是他們之間獲得了一致的意見，不管同意的是什麼。雷克頓小學五年級的男生和女生，竟然同心協力合作著，彼此互相幫忙！

這也正是其他五年級教室裡發生的情景，男生和女生在自己都沒有注意到的時候就聯合起來了。他們聚在一起，合力抵抗來自校長和老師的壓力。他們運用智慧，團結合作，好證明不講話不過是個簡單又無傷大雅的活動。這並不是說男女生之間已經好到像哥兒們一樣，也不是說互相捉弄、取笑這種事就不會再發生，畢竟他們舊習難改。

然而，異性之間的敵視，卻在整個五年級空間中漸漸消散。

這是第一個變化。

這個早上的課程還產生了另一個變化，那就是他們贏得了老師的另眼看待。老師們向來尊重秩序與自治，老師們喜歡認真的計劃，並且確實執行，而這正是孩子們現在做的事。老師們都討厭吵鬧、討厭混亂、討厭動個不停的學生，因為這些行為會妨礙他們完成精心的計劃。

但是，在這一片祥和、有秩序、平衡又平靜的的五年級世界，仍存在著一個超級巨大的問題：霞特校長並不在這個圈圈裡，她對於種種新發展一無所知！

事實上，這個早上校長根本不在學校裡。她到鎮上另一邊的學區辦公室討論學校明年的預算，她把她嚴明的命令交給那些值得信賴的老師們。

不過霞特校長早已妥善安排好會議時間，以確定自己能在五年級午餐開始前趕回學校。她認為那個時間一定會需要她和她的擴音器在場，才能好好維持校規和秩序，一如往常。

她心想，午餐時間，所有事情會……回復正常。

18 禁區探險

霞特校長在十一點五十九分趕回學校，在她的桌上有好幾張字條，連椅子上也黏了張便條紙，上面寫著：「請到教師辦公室，有事商討。歐佛比老師。」

但霞特校長行色匆匆，她一心掛念著五年級的午餐時段，她一定要準時出現。

五分鐘後，霞特校長已經手持她的紅色大擴音器，站在餐廳正中央，面對第二天的沉默安靜。

但今天的情況不同。

她環顧整間餐廳，全體五年級學生竟然蓄意違反她的要求，這實在超出她可以忍耐的極限，一把將她推入了紅色禁區。

她咬緊牙根，胸中的怒火熊熊燃燒。她知道自己已經氣炸了，她也知道氣炸絕非一件好事，但卻無法扼抑這股怒火。

她還知道，一邊生氣一邊跟孩子講話是不好的。

但她控制不了自己，她必須要跟這群學生講話，立刻！

她應該可以很小聲地說，所有在場的孩子勢必也聽得見。但她並沒有這麼做。

她按下擴音器的開關。

「你們全都忘記今天早上朝會的事了嗎？」

校長的聲音傳到牆壁又彈了回來。

回覆她的只有全體學生的眼光。

她把擴音器對準大衛叫道：**「大衛．派克，回答我！你記得今天早上我跟你們講的話嗎？」**

大衛點點頭，校長接著喊道：**「開口回答我，大聲說出來！」**

於是，大衛吞下嘴裡第一口奶油起司義大利麵，說：「記得。」他的聲音小到不能再小，他覺得自己好像綠野仙蹤裡的稻草人在跟巫師歐茲大王說話。

霞特校長前進五步，逼近大衛身旁怒吼：**「那你為什麼不跟你的同學說話？」**

大衛從來沒看過霞特校長如此生氣，但也從來沒有人拿著擴音器對他大吼。被這樣一個無比巨大、強烈的聲音指責，一點也不公平。所以，大衛決定不再害怕，也不再氣憤，管他會發生什麼事！

大衛聳聳肩說：「沒話說。」

這句話毫不虛假。在霞特校長開始怒吼前，他就只是心情愉快地坐著、吃著、思考著。

「站起來！」

大衛立刻起身，餐廳裡全部學生的目光也集中到他身上，還有瑪羅老師、警衛，以及餐廳裡的工作人員。

霞特校長大聲咆哮：**「說話！我要你現在就說話！我要聽見你告訴泰德今天早上你在課堂上學到的每一件事！就是現在！開始跟泰德說！」**

大衛不是那種易怒的孩子，至少大部分時候不是。

事實上，只有一件事會將他推到忍耐的邊緣，就是被人以大欺小。他唯一一次在學校跟人打架是在二年級時，有個五年級的學生找他麻煩。他從那次經驗學到，不能對看起來比自己凶狠的人忍氣吞聲。一旦忍氣吞聲，被人以大欺小的情況只會更加嚴重。

而這就是大衛此刻的感覺。他開始感到生氣，他覺得霞特校長正在以大欺小。她是一個拿著大喇叭對付小孩的大人。

校長再次大吼：**「說話！」**

事情就這樣發生了，大衛越過邊線，跨入禁區。

他盯著校長的臉，大聲吼出：「如果我不想說，就不用說！現在是午餐時間，我們不想說話！」

剎那間，一個句子躍進了大衛腦海。這句話他在電視上聽過數十次，這句話通常都對著雙手被銬起來的罪犯說，然而此時也沒有什麼關係了。

大衛看了看餐廳裡的同學，大聲喊出：「你有權保持沉默！」

話一說完，他緊閉雙唇，雙手交疊在胸前，坐回位子上。

琳西是第一個跟上大衛肢體語言的人。她眼睛盯著霞特校長，慢慢舉起雙手，交叉放到胸前。和她同桌的女生們也立刻擺出相同的姿勢。

很快的，這個姿勢就如同池塘裡的漣漪迅速在餐廳裡蔓延，所有的五年級學生都瞪著校長，手置胸前，安靜到了極點。

霞特校長慢慢地看著整個餐廳，她挺直身體，然後大步走出去。她穿過走廊，回到辦公室。她向秘書喬布琳小姐點頭示意說：「我暫時不接電話。」然後，她走進裡面那間專屬於她的校長室，關上了門。

而此時的餐廳，一片死寂。每一個學生仍舊維持著剛才的坐姿，手仍交疊，沒有動靜，大家都不知道下一個動作該怎麼做。

直到泰德起了頭。

他放下雙手，對大衛點點頭，然後開始拍手。不到三秒鐘，全部五年級的男生都像發瘋似地猛拍手。

大衛看看身邊的朋友，只能點頭，微笑。

又過了一秒，猜猜看誰也加入了？沒錯，所有的女生！

五秒鐘後，連呼呼哈哈的叫聲都出現了！

餐廳變得很吵，吵到不可思議的程度。

拍手聲、歡呼聲大到穿過餐廳的大門、牆壁，震撼延續了一整條走廊，直接進到辦公室裡，然後，滲入雅比蓋爾．霞特校長緊閉的門。

喬布琳小姐桌上的電話響了，那是內線電話。

「喂，」她接起電話，靜靜聽著，點點頭說：「我馬上去。」

她隨即起身走出辦公室，飛速通過走道來到餐廳，一個已經恢復寧靜的地方。

瑪羅老師還站在門口，喬布琳小姐靠近她低聲講了幾句話。

瑪羅老師點點頭，快步走向餐廳的另一邊。

她彎身對著大衛的耳朵輕喊：「去校長室。」

大衛吞下他第三口的奶油起司義大利麵，抬頭看著自然老師的臉說：「非得去？」

她微微點著頭：「是命令。」

大衛看了看同桌的朋友。不需要再對他說什麼了，他們的臉上全寫著一樣的訊息。什麼訊息？

很簡單，也是三個字。大衛知道，那就是：「你完了！」

19 道歉

從餐廳到學校辦公室的走廊共鋪有兩百二十七塊綠色地磚，大衛一塊塊數著，好避免自己去想像等一下會發生什麼事。但其實他已經在想了。

喬布琳小姐指著校長室的門說：「趕快進去。」

大衛敲敲門。他知道其實此刻不敲也沒關係，可是能再多拖延個兩秒鐘也好。

霞特校長的聲音傳來：「請進。」大衛心想：好歹她沒有用她

的那支大擴音器。

他打開門，霞特校長正背對著他，望著窗外的校園。

大衛脫口而出：「很抱歉！」他道歉是因為就算他有理，也不該那麼大聲，即使他還是覺得他剛剛說的話是對的。況且，他也希望道歉能救自己一命。

霞特校長轉過身來。大衛驚訝極了，他看到校長的表情，不但連一絲絲的怒氣都沒有，甚至鼻頭紅紅彷彿剛哭過似的。

她搖搖頭輕聲說：「該說抱歉的人是我，這就是我叫你來的原因。動怒的人是我，先大聲咆哮的人也是我，我做了一個很不好的示範，希望你能原諒我。」

大衛完全記不得上次有大人向他道歉是何時的事，但當校長在他面前說抱歉，他只能勉強點著頭。

校長也回點了頭，停了一會兒才說：「所以，現在這個情況，應該要怎麼發展下去？」

「不確定。」大衛答。

校長微微皺眉：「請你在這裡自由說話，你的朋友不會聽見。」

大衛搖著頭說：「榮譽制。」

霞特校長的眉頭抬得很高：「哦，當然囉，這真令人敬佩！好吧，也許你可以回答一些我的問題，我們開始吧。」

大衛說：「好的。」

「先告訴我，這一切是怎麼開始的？誰開始的？」

大衛微笑著說：「甘地。」

「什麼？」

大衛說：「他封口。」

校長說：「所以有人也想要試試看，在學校裡，是嗎？」

大衛點點頭，指著自己說：「就是我。」

「我懂了。」校長再問：「你從哪裡學到甘地的事情？」

他說：「社會課。」

「那他為什麼要封口呢？」

大衛聳聳肩說：「要思考。」

「但是，你們並不是完全封口不說話，為什麼？」

大衛想了一下，才說：「敬師長。」他想這句話會讓他聽起來就像個乖小孩，但事實也的確是如此。他和他的朋友並不想破壞整個學校系統，一點也不想。

霞特校長緩緩點著頭說：「喔。」

她的問題似乎問完了。

就在這三、四秒的沉默間，有一個點子蹦出大衛腦海，他很想把它推回去，因為這點子實在太誇張了。

就在這點子縮回去的一刻，大衛突然脫口而出：「您要嗎？」

霞特校長的雙眉幾乎碰在一起了：「什麼意思？」

「也封口。」

霞特校長盯著大衛的表情，就好像大衛叫她穿上草裙去校車頂上跳草裙舞一樣。「別開玩笑了，我是校長！你知道我每天得跟多少人講話？」

大衛指著她桌上的一本便條紙。

「可以嗎？」

校長點點頭，大衛便寫下：「您也可以一次說三個字，不過只有在老師或大人先對您開口時。但是跟學生說話是例外，因為您也

是老師。然後，出了校門也不能講話，這是榮譽制度。反正這整件事已經快結束了，到明天而已。」

然後大衛笑著對校長說：「很好玩！」

霞特校長搖搖頭：「我從來……」

大衛像個交通警察高舉起手：「三個字！」

霞特校長笑了出來，那不是一個屬於校長的微笑，大衛看得出來，那是一個人發自內心的真誠笑容！

校長會笑，是因為大衛給了她一個很重要的下台階。五分鐘之前，她還表現得像隻大怪獸，但她不是，真的不是。

然而，她剛剛表現得那麼糟糕，餐廳裡的每個人都看到了，不論是大人或小孩。壞事傳千里。所以無論如何，她都需要做點事來提醒大家她不是怪獸，越快越好。

而大衛的提議，正是讓她回復成人類的方法。畢竟全世界的人都知道，怪獸是沒有幽默感可言的。

她把大衛寫的那張紙從本子上撕下，低下頭寫了一些字。

然後她快步走出校長室，將紙條遞給喬布琳小姐。

這位秘書迅速看完紙條，說：「那我該……」

校長伸出一隻手指頭說：「印。」然後伸出第二隻手指頭說：「公。」再伸出第三隻手指頭說：「告。」

喬布琳小姐答：「馬上辦！」

接著，霞特校長轉過去對著大衛說：「好了，走！」

大衛有點丈二金剛摸不著頭腦，只好接話：「去哪？」

她已經奔出辦公室，嘴裡拋出一句：「去餐廳！」

20 誰是贏家？

事情發展到這個地步，不難想像接下來發生的事會多有趣。大衛隨著校長回到餐廳，校長向所有五年級學生道歉，全是用三個字一句的話和大衛交叉進行，大衛也一起道歉。

至於所有五年級學生臉上的表情，還有瑪羅老師和那些餐廳員工的表情，也超級有趣。

更有趣的可能還是霞特校長對全校廣播說：「到禮堂。」以及那之後五分鐘便開始的全校臨時大集會。每個年級的老師只能用五

分鐘的時間對學生解釋最新的不講話規則，而當老師解釋時，學生們是何等吵鬧與困惑。等到校長講完話後，他們又是何等的安靜，因為校長說：「開始了！」

另一件值得一提的事，是霞特校長改變了比賽規則。她宣布從幼稚園到四年級的孩子以年級作為單位，比賽在未來二十三小時內哪個年級說的字數最少。她認為這樣比男女生對抗來得好。

更值得玩味的是大衛的想法，他竟然覺得自己有點像是甘地，而霞特校長就是大英帝國。他感覺自己贏得了一場光榮的勝利，在「人人皆享有自由與公義」的原則之下。當然，霞特校長也適用於這原則。

至於波頓老師，可以講的事就更多了。他已經完全失去了理智。過去的二十四小時，他就是瘋狂寫筆記、拍照、拿一個小小的

隨身錄音機試圖錄下所有三個字的句子。他蒐集到這麼多資料，多到他開始想像不只寫一篇人類發展學報告，甚至可以出書了！他覺得自己可以寫一本書，仔細說明雷克頓小學裡的老師與學生是怎麼樣改變自我表達的方式、怎麼樣改變他們對語言的想法，包括語言是什麼、語言怎麼作用，而溝通又能以多少不同的方法來進行。

說到人類發展學，就要再講一件有趣的發現。年紀最小的孩子實在無法想像生活中怎能沒有「講話」這種有趣又有力的東西，他們連十分鐘的沉默也做不到。所以，幼稚園的學生們，很快就被排除在這場比賽之外。

接著來到了星期四的早上，當男生們基於榮譽制度向女生們報出的點數為零，而女生報的點數為一時，大衛和琳西的表情又是如何呢？這一切又有許多可以說的了。

當然，更有趣的是窺看霞特校長面對的種種挑戰。她嚴守一次講三個字的戒律，從星期三下午，到星期四早上，她交談的對象有學生家長、督學、其他學校的校長、來修冰箱的工人，更別提學校裡的老師和上百個學生了。所有人都認為有一個稍稍瘋狂的校長真是太棒了！

事實上，這個故事可以一直說到一個星期之後、甚至是幾個月之後，直到五年級結束。這一群學生全部變成講話更有禮貌、更有分寸的大孩子，而且更願意去思考。

又是一樣的情況，可以說的實在太多，怎麼講也講不完。

雖然一切都很吸引人，現在卻還不是仔細說明的時候。因為，現在應該先跳回星期四中午的午餐時間，那個原始的五年級不講話比賽的正式結束點。就在那個時刻，所有的五年級男生與女生正靜

待著最後的成績出爐。

霞特校長改變心意後，釋出如此大的善意與快樂回應，再加上整個學校都變安靜所帶來的新鮮刺激，可能會讓人以為五年級男女生對抗的比賽已經不再重要了。

事實並非如此。

記得星期三中午大衛是如何起身對校長咆哮的嗎？你以為沒人在算嗎？大錯特錯，每個人都在計算！大衛總共說了三十個字，字字真理，勇敢偉大！然而，只有三個字不用計點。

到了十二點十四分，離比賽正式結束還有一分鐘，餐廳裡一片沉默。每個人都盯著牆上大鐘的指針，連老師們也一樣，還包括校長、秘書、警衛、護士，沒人想錯過聒噪王這歷史性的一刻。

大衛和琳西坐在同一張桌子相對的兩側，準備好要宣布計分。

大衛伸手到背後的口袋，抓出那皺巴巴的計分卡，上面是女生們被記錄的點數。琳西則從背包裡拿出那本紅色小本子，又抽了一支鉛筆，彎身在本子上塗塗抹抹。

大衛偷偷往下瞄，看到琳西背包最頂端的口袋突出一個東西，一枝超粗的奇異筆，是紅色的。

大衛不難想像那個「L」將會出現在他的額頭上。他已經知道兩隊被扣了多少點，他確信琳西也一樣清楚。

時間只剩十五秒，安靜的餐廳裡突然看到琳西站了起來，她低頭面對手上的紅色小本子，深深吸了一口氣。然後，她說話了：「我必須說，我對男生的看法變了，榮譽制、不講話，你們都做得到。謝謝！」

這時，大鐘的秒針指向正上方，十二點十五分到了，比賽正式

結束。

歡呼聲響徹雲霄，幾乎要震碎地磚。學生們從座位一躍而起，一群群朋友相擁跳躍，大家瘋狂講話，那速度、那吵鬧根本超過正常人類的極限。所有人點頭、大笑，急著訴說這兩天所有的故事、所有的感覺、所有的思考。

當聲音越大，大家又想要別人聽得清楚，就只能把話講得更大聲。於是這片喧鬧不斷上升，連小狗都想趕快逃跑，把頭深埋到沙發底下去！

在這片喧鬧、喜樂、混亂當中，琳西對著大衛喊道：「正式的分數是多少？」

大衛點點頭，將雙手圍在嘴邊，大叫：「妳們女生的點數，是四十七！」

琳西看著她的小本子，沒有說話，因為四周已經吵到根本不能說話。她翻著本子，在最後一頁有個數字被圈起來：七十四點，就是男生的點數。這個差距還真不小。

琳西突然朝他露出一個詭異的微笑，大衛已經準備好要受刑了。琳西終於發出很大的聲音說：「你沒算？」

大衛糊塗了：「算什麼？」

琳西盡可能發出最大的聲音：「最後面，我說的。」

大衛搖搖頭：「什麼？」他身邊的聲音大到震耳欲聾。

琳西翻到本子的某一頁，然後轉過本子讓大衛也能看見內容。那是她剛剛那段短短演說的講稿，一字一字記載著，而在最後一個「謝」字上，寫著「二十七」。

大衛看著這份草稿，緩緩點頭，他看出琳西究竟在做什麼了。

他在心中默默計算：七加七，十位數進一。琳西讓比賽結果剛剛好平手，兩隊都被記上七十四點！

而他們的個人賽呢？到底要在誰頭上寫「L」呢？也平手。琳西的二十七點，和大衛對校長多講的字數一樣。

結局是否太完美了？的確。會不會是琳西竄改了男生的點數，才讓最後加起來的點數一樣？沒有人懷疑。會不會有人去徹底調查？幾乎不可能。

大衛看著琳西的小本子，琳西的講稿上塗塗改改，加了又刪。最後那幾個字是多麼小心的選擇和計算，她讓每個字都發揮意義。

大衛想對她說：「這次算我欠你。」

他也想對她說：「我想我真的是個大笨蛋，對吧？」

總之，他最想說的是那句她已經說出的話：「謝謝。」

但琳西和大衛就只是坐在那裡，在喧鬧的餐廳裡。他們倆帶著笑意，安安靜靜。

一個字也不用多說了。

安德魯·克萊門斯❷

不要講話

No Talking

文／安德魯·克萊門斯　譯／蔡青恩　圖／唐唐

執行編輯／林孜懃　特約編輯／吳梅瑛
內頁設計／丘銳致　出版一部總編輯暨總監／王明雪

發行人／王榮文
出版發行／遠流出版事業股份有限公司　104005 臺北市中山北路一段11號13樓
電話：(02)2571-0297　傳真：(02)2571-0197　郵撥：0189456-1
著作權顧問／蕭雄淋律師
輸出印刷／中原造像股份有限公司
□2008年7月1日　初版一刷　□2023年8月10日　三版一刷

定價／新臺幣300元（缺頁或破損的書，請寄回更換）

遠流博識網 http://www.ylib.com　E-mail:ylib@ylib.com
ISBN 978-626-361-217-4

No Talking

國家圖書館出版品預行編目資料

不要講話 / 安德魯 · 克萊門斯（Andrew Clements）
文；蔡青恩譯 . -- 三版 . -- 臺北市：遠流出版事
業股份有限公司 , 2023.08
面； 公分 . --（安德魯 · 克萊門斯；2）
譯自：No talking
ISBN 978-626-361-217-4（平裝）

874.59 112012840